今野 敏
JN000016
脈動
PULSATION
Konno Bin
角川書店

脈動

PULSATION

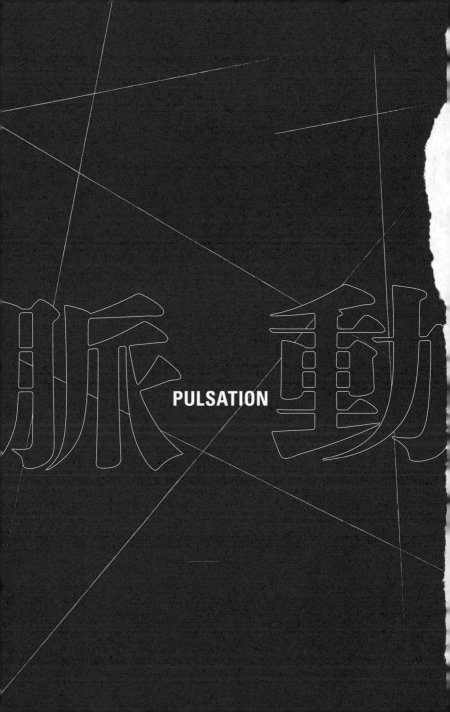

◉装幀
坂野公一（welle design）
◉カバー写真
photolibrary
Adobe Stock

1

「またですか……」

有沢英行《ありさわひでゆき》が言った。

「ああ……」

富野《とみの》輝彦《てるひこ》は生返事をする。

富野は、少年事件係の巡査部長だ。正確に言うと、警視庁生活安全部少年事件課少年事件第三係だ。長ったらしいが、警察も役所なので仕方がない。

有沢とペアを組んでいる。年齢は五歳しか違わないが、富野は年の差を感じることが多い。

有沢が「また」と言ったのは、警視庁内での不祥事のことだった。

今朝の朝礼で、課長がそのことについて触れた。

有沢が言った。

「事件が起きたのは、三日も前のことらしいですよ」

「おい、事件って言うな」

警察官にとって、事件とそうでない出来事には明確な違いがある。捜査すべく立件された出来事だけを事件と呼ぶのだ。

「でも、身柄拘束されているらしいですよ」

「まだ、逮捕されたわけじゃない」

「取調室で被疑者をボコボコにしたんでしょう？　それって、かなりヤバいですよね」

「わかりきったことを言うなよ。だから非違行為だって言ってるんだ」

非違行為を一般の人々から見ると「不祥事」ということになる。

「なんで自分を抑えられなかったんでしょうね……」

「被疑者をボコるくらい、別に珍しいことじゃなかったらしいぞ。もちろん、取調室ではやらない。柔道場に連れていって、投げ飛ばしたり、腹を殴ったり蹴ったりするんだ」

有沢が驚いた顔になった。

「どこの国の話ですか」

「平和なわが国の話だよ。それも、そんな昔のことじゃない。反抗的な反社の連中に対してやったらしい」

「相手が反社会的勢力だって、やっていいことと悪いことがあるでしょう。彼らにだって人権があるんだから……」

「もちろん人権はある。だが、俺はそんなやつらの人権より、彼らの被害にあう人々の人権を大切だと思っている」

「でも、取調室で被疑者に暴行を加えるのは問題ですよ」

富野は溜《た》め息をついた。

「もっとうまくやれよと思っている警察官は少なくないだろうな」

「いやあ、その発言も、まずいんじゃないですか……」

「そうかな」

富野は、自分が苛立《いらだ》っていることを充分に自覚していた。わざと有沢を挑発するような話をしているのも、そのせいだ。

富野だって、被疑者に暴力を振るうのはとんでもないことだと思っている。非違行為に間違いない。

警視庁内でそんなことをした同僚に腹が立った。

そして、有沢が言ったとおり、「また」なのだ。

六日前のことだ。捜査一課の刑事が、記者を殴ったのだ。それも、記者クラブがある八階で。相手がマスコミだ。ただで済むはずはない。捜査一課長と理事官は、真っ青になって事態の収拾を図ろうとしたが、成り行きは絶望的だった。

ところが、思わぬ展開となった。被害にあった新聞社のほうから「穏便に」と言ってきたのだ。殴られた記者にも落ち度があったので、訴えなどは起こさないということだった。

警視庁としては願ってもないことのように見えたが、その話を聞いて富野は、貸しを作るつもりだなと思った。捜査一課は、しばらくはその新聞社に頭が上がらないだろう。

事件にならなかったからといって、加害者が無事に済むはずがない。懲戒を食らう前に、その刑事は辞職するのではないかと、富野は思った。

捜査一課長や刑事部長のクビは辛うじてつながった。

そして、その三日後に、今度は取調室で捜査員が被疑者に対して暴力を振るったのだ。被疑者は全治二ヵ月の重傷だ。これを隠し通すことは無理だった。

それで、朝から庁内は慌ただしい。

記者を殴ったのも、取調室で暴行したのも、捜査一課の刑事だ。

なんだよ、捜査一課は相当溜まってるんじゃないのか。

そんなことを考えていると、富野と有沢は係長に呼ばれた。

先日送致した少年について、家裁の判事から聴き取りがあるという。富野は、有沢に言った。

「仕事だ。行くぞ」


非違行為は、富野や有沢のような下っ端には他人事《ひとごと》だが、上の人たちにとってはそうはいかない。

なにせ、警察官のクビは簡単に飛ぶ。クビには二種類ある。一つは罷免など役職を追われる場合、もう一つは懲戒免職だ。

罷免されても、警察官としての身分は残るのだが、不名誉なことなので辞職する人が多い。つまり、どちらも結果としては同じことになる場合がほとんどなのだ。

そして今、警視庁の幹部たちはその「クビ」の危機におののいているらしい。

「らしい」というのは、実際に幹部たちが何を感じ、何を考えているか、富野にはわからないからだ。

わからないことは、放っておけばいい。基本的にそういう主義だが、有沢はそうではないらしい。彼は庁内の雰囲気を気にしているし、さらに、幹部たちの動向を懸念しているようだ。

「いくら何でもおかしいですよね……」

家裁から戻ったのは、午前十一時半頃のことだった。昼飯は何にしようかと考えていると、有沢がそう言った。

富野はこたえた。

「何がおかしいんだ?」

「立て続けに刑事がキレて非違行為に及ぶなんて……」

「刑事がキレるのは珍しいことじゃないだろう」

有沢は周囲を見回した。

「誰かに聞かれますよ」

「聞かれてもかまわないだろう。本当のことだ」

「しかし……」

有沢が声を落とした。「どうなるんでしょう。刑事部長と警視総監のクビが飛ぶという噂も流れていますが……」

「知らんよ」

「え……。一大事ですよ。気にならないんですか?」

「おまえがクビになるわけじゃないだろう」

「そりゃそうですが……」

「俺たちが心配したところで、どうしようもないだろう」

「でも、気になるのが人情でしょう。警察官にとって人事は最大の関心事じゃないですか」

この言葉に、富野は驚いた。黙って顔を見つめると、有沢が言った。

「何です？　妙な顔をして……。自分、何か変なことを言いましたか？」

「人事が警察官の最大の関心事だって？　そりゃ驚くだろう」

「え、違うんですか？」

公務員なのだから、人事は気になる。だが、それが富野にとっての最大の関心事かと訊《き》かれると、そうではないと言いたかった。

では何だと訊かれると困るのだが……。

「幹部のことなんて気にしてないで、俺たちは俺たちの仕事をやってりゃいいんだよ」

「はあ……」

その話はそれで終わりだった。

だが、知らんぷりをしてもいられなくなった。翌々日の水曜日のことだ。また、非違行為が発覚した。

警務部の若い係員が、派遣の職員と、庁内で淫らな行為に及んだことが明らかになったのだ。

派遣の職員というのは、どうやら受付係の女性のことらしい。

庁内のざわめきは高まった。そこここで、眉をひそめて囁《ささや》き合う姿が見られた。情報交換をしているのだ。

「聞きましたか？」

有沢が言った。

「受付係の話か？」

「あろうことか、更衣室でヤってたそうですよ」

「更衣室でヤってた？　性行為のことか？」

「そうです」

「なんでそんなところで、そんなことを……」

「不思議ですよね」

たしかに不思議だと、富野は思った。

刑事が乱暴なことをしたというだけなら、百歩譲ってありそうなことだと思う。しかし、警務部の係員が、派遣の女性に手を出したとなると話は別だ。しかも、庁内でだ。

これはさすがにおかしいと、富野も思いはじめた。

警視庁は、それほど箍《たが》がゆるんでしまったということだろうか……。

非違行為が立て続けに三件となると、今後の締め付けがきつくなるだろう。綱紀粛正《こうきしゆくせい》というやつだ。

富野はしばらく考えてから、有沢に言った。

「詳しい事情を知っているやつを探してくれ」

「どの件ですか？」

「全部だ」

「わかりました」

それから一時間後のことだ。席を外していた有沢が戻ってきて、富野に告げた。

「目撃者がいました」

「何の目撃者だ？」

「受付係の件です」

「おい、一時間で見つけたのか？　すごいな。普段の仕事でも、それくらい有能だと助かるんだがな……」

「話を聞きますか？」

「ああ。行ってみよう」

富野は席を立った。

有沢が目撃者だという人物を、電話で呼び出した。その男は、六階の廊下で待っているという。富野たちの少年事件課は九階にあるので、エレベーターで下りた。

それは組織犯罪対策第四課の男だった。組対四課は通称マル暴だ。その男も、マルB、つまり暴力団員とそれほど変わらない見かけをしている。

「いやあ。やるもんだねえ。さすがに出世コースの警務部だ。受付係に手を出すとはなあ……」

どうやらしゃべりたくてたまらないらしい。マル暴ならいろいろと仕事上の秘密を抱えているはずだ。

こんなので、だいじょうぶか。

富野は本気で心配になった。

「それで……」

富野は尋ねた。「目撃者だって話だけど、現場を見たわけ？」

「ヤってるところを見たかってこと？　いや、残念ながらそれは見ていない。二人が見つかるところを目撃したわけだ」

「経緯は？」

「受付係が制服に着替えたりする部屋、知ってるだろう？　その前を通りかかったら、受付の子が立ち尽くしているんだ」

「それ、問題の受付係じゃないよな？」

「そう。別の受付係。彼女が犯行現場を押さえたんだ」

「犯行現場って言うなよ。つまり、淫らなことをしているところを見たってことだよな？」

「そう。その様子に気づいた男の職員が部屋を覗《のぞ》いて、何やってんだって怒鳴ったんだ。それで、事実が発覚したということだ」

富野はかぶりを振った。

「武士の情けってやつはないのか……」

マル暴の男は肩をすくめた。

「庁舎の外でなら、何やろうが勝手だけどね……」

「……で、その警務部のやつは、どうなったんだ？」

「たぶん上長に叱られて、今頃は処分を待っているだろう」

「まさか、懲戒免職なんてことはないよな？」

「その前に、警察辞めるだろう」

「そうかもしれないな」

「その受付係もクビだろうなあ……。かわいかったんだけどなあ……」

「強制性交等じゃないんだな？」

「強制じゃないよ。合意の上でのことのようだ」

「それにしても、なんでまた庁内で……」

「気分が高まって我慢できなかったんじゃないの。ただね……」

「ただ、何だ？」

「何があったか、よく覚えていないと言っているようだ」

「どっちがだ？」

「両方ともだ」

「そう言いたくなる気持ちもわかるがな……」

「そうだな」

「捜査一課のやつが、取調室で暴行した件について、何か知ってるか？」

「それは目撃してないよ。けどね、やったやつは知ってる。捜査一課は同じ六階にあるからな」

「どんなやつだ？」

「別に普通だよ。特に危ないやつというわけじゃない」

「記者を殴った刑事は？」

「それも知ってる。おとなしいやつでさ。よく刑事がつとまるなって思っちゃうタイプだよ」

「つまり、人を殴ったりすることが想定できないようなやつらだということだな？」

「想定できなかったね。だから、話を聞いたとき、どちらも信じられなかったよ」

富野はうなずいて言った。

「呼び出して済まなかったな」

「え？　話は終わり？」

「ああ。礼を言うよ」

「立ち話で終わりなの？　コーヒーくらいおごってよ」

富野は有沢に言った。

「自販機でコーヒー買ってきてやれ」

そして、エレベーターホールに向かった。


その日の午後三時頃、電話を受けた有沢が言った。

「あの……。池垣亜紀《いけがきあき》から、電話なんですが……」

「亜紀から……？」

神田《かんだ》にある私立高校の生徒だ。「何だって？」

「警視庁で起きていることの原因に心当たりがあるって……」

「警視庁で起きてること？　非違行為のことか？」

「そうらしいです」

「おまえ、話を聞いておけ」

「いやあ、自分が聞いてもちんぷんかんぷんですよ」

しょうがないな……。

富野が手を出すと、有沢は携帯電話を差し出した。

「電話代わりました。富野です」

「あ、富野さん。よかった。有沢さんは私の言うことを本気で聞いてくれないから……」

「いや、俺も本気で聞くかどうかわからんぞ」

「有沢さんよりはマシでしょう」

「マシか……。ひどい言われようだな」

「ねえ。警視庁が、なんか変でしょう？」

「ここはいつも変なんだよ」

「刑事が取り調べで容疑者をボコったり、記者を殴ったりしてるんでしょう」

「それ、報道されていないはずなんだがな……」

捜査一課の理事官や、総務部あたりが必死になって記事を止めているはずだ。

「ネットで見たよ」

今はそういう時代か。マスコミが報道しなくても世間に知られてしまう。

「それで……？」

「その二件だけなら気づかなかったかもしれない」

「もう一件も、知ってるのか？」

「更衣室で、警視庁の人と受付の人がヤってたんでしょう？」

富野は驚いた。

「それもネットで見たのか？」

「そう」

「それで何がわかったっていうんだ」

「亡者だよ」

「亡者……」

富野は、その言葉の意味を知っていた。

「金の亡者」などのように使われる一般的な意味ではない。神霊世界での用語だ。

「非違行為をやったやつが、亡者にされたとでも言うのか？」

「ヒイ行為って何？」

「規則違反とか命令違反とか、よくないことをしたってことだ。そいつらが亡者だと……？」

「そのとおりだよ」

「あのな。俺たちは暇じゃないんだ。そんな話に付き合ってはいられない」

「トミ氏なんでしょう？　何か感じないの？」

亜紀は、富野の先祖のことを言っているのだ。

「そういう自覚はないんだ」

「でも、術を使ったこと、あるんでしょう」

亜紀からの電話だと聞いたときから、こういう話になるだろうとは思っていた。

「あんまり覚えていないんだ」

「それよ」

「それって……？」

「たぶん、そのヒイ行為をやった人たちって、何も覚えていないんじゃない？」

そう言えば、組対四課のやつがそんなことを言っていたな……。

富野はそう思いながら言った。

「更衣室の一件で気づいたと言ったな」

「そう。私、セックスについては詳しいから」

「ああ、そうだったな……」

「何とかしないと、もっとたいへんなことになるよ」

「何とかするって、どうするんだ？」

「私じゃどうしようもないからさあ。もっと強力な術者に相談するんだよ」

「誰のことを言っているのか、わかった気がする」

「早くしたほうがいいよ。じゃあね」

電話が切れた。

2

電話を受け取った有沢が富野の顔を見つめている。

「池垣亜紀は、何を言ってたんです?」

「亡者の仕業だと言っていた」

「亡者って、死んだ人のことですか?」

「そうじゃない」

「じゃあ、金の亡者とかいう、執着心の強い人のことですか?」

「それも違う」

富野は説明した。

怨恨、激しい怒り、喪失感、劣等感、自己憐憫《れんびん》、妬み……。そうした負の想念が濃縮され、一ヵ所に凝り固まると、大きな影響力を持つ「陰の気」となることがある。

その「陰の気」に取り憑《つ》かれたのが亡者だ。亡者になると理性が失われる。いや、麻痺《まひ》すると言うべきか。理性はあるのだが、それがどこかに追いやられるのだ。

そして、「陰の気」によって情欲がむき出しになる。激しい暴力衝動や性欲に従って行動するようになるのだ。

話を聞き終わった有沢が、うんざりした顔で言った。

「またそういう話ですか……。富野さんといっしょだと、どうしてそうなるんでしょう……」

「俺のせいじゃねえよ。亜紀は、早く手を打たないと、さらにたいへんなことになると言っていた」

「手を打つって……？」

「術者に相談しろということだ」

「あ……」

有沢が目を丸くした。「もしかして、あの連中のことですか？」

「他に術者に心当たりがあるのか？」

「いや、そういうことじゃなくって……。そもそも術者に相談するなんて……」

「いくら何でもおかしい。そう言ったのはおまえだ」

「でも、その理由が亡者だなんて……」

「俺だってばかばかしいと思う。だが、原因を知る手がかりにはなるかもしれない。さあ、ごちゃごちゃ言ってないで、鬼龍《きりゅう》と孝景《たかかげ》に電話しろ」

有沢は、抗議の姿勢を見せたが、すぐに諦めたように電話をかけた。

警視庁本部にいると、明らかに所轄よりも書類仕事が多いと、富野は思っている。

いや、本当は同じくらい書類を作らなければならないのだが、所轄のほうが外に出ていることが多いということだろうか……。

警視庁本部の少年事件課は、たしかに忙しいが、所轄の少年係に比べれば時間に余裕がある。その分、書類を作っている時間が長いのかもしれない。

有沢が電話を切ってから、富野は溜《た》まっている書類を片づけることにした。パソコンに向かってキーを叩《たた》きつづけた。

「そろそろ待ち合わせの時間ですよ」

有沢にそう声をかけられるまで、集中して仕事をした。

「じゃあ、迎えに行くか……」

富野は、パソコンの電源を落として立ち上がった。

警視庁の玄関を出て、長いアプローチを歩き、内堀《うちぼり》通りに出ると、歩道に奇妙な二人連れが見えた。

一人は黒ずくめだ。ジャケットもズボンもシャツも黒だ。

もう一人は、何もかもが真っ白だった。マオカラーのスーツを着ているが、それも白。そして、髪の毛も白く見える。銀髪に染めているのかもしれない。

黒いほうが鬼龍光一《こういち》、白いほうが安倍《あべ》孝景だ。鬼龍は富野と同じくらいの年齢で、孝景は十歳ほど年下だ。

彼らはお祓《はら》い師だが、自分たちのことを「術者」と呼ぶことがある。有沢は、あまり彼らのことを歓迎していない様子だ。おそらく気味が悪いのだろうと、富野は思った。

孝景が言った。

「何だよ、呼び出したりして。俺たち、悪いことはしてねえぞ」

富野は鬼龍に言った。

「何だ、こいつ、機嫌悪いな」

「ネットで叩かれているんで、頭に来てるんですよ」

「ネットで叩かれている……？」

「まあ、その話は後でいいです。何事ですか？」

「警視庁の不祥事の話は知っているか？」

「ああ、孝景から聞きました。それもネットで知ったようです。それが何か……」

「亜紀が、亡者のせいだと言っている」

「元妙道《げんみょうどう》の池垣亜紀ですね？」

「そうだ」

鬼龍は、警視庁の建物を見上げた。そして言った。

「ならば、間違いないでしょう」

孝景が言った。

「おい、呼び出しておいて、こんなところで立ち話かよ」

富野は、有沢に言った。

「グランドアークにでも行くか」

ホテルグランドアーク半蔵門《はんぞうもん》は、本部庁舎から五百メートルほどのところにある。帝国《ていこく》ホテルが運営しているこのホテルは、警察共済組合の施設だ。

ホテルのカフェで話をすることにした。歩いて移動すると、孝景がぶうぶう言った。最初からホテルで待ち合わせをすればいいじゃないかというのが、彼の言い分だった。

鬼龍が言った元妙道というのは、宗教的な集団だ。かつて、玄旨《げんし》帰命壇《きみようだん》という天台宗《てんだい》の一派があった。性交によって悟りを得るという教義が知れ渡り、江戸時代に邪教とされて消え去ったということだ。

だが、実は今でもその分派が残っているらしい。玄旨の玄を「元」の字に、また帰命の命を「妙」の字に改めて、元妙道として存続しているのだという。

彼らの中には術者がおり、ある特定の「適合者」と性交することによって、法力を得るのだそうだ。池垣亜紀がその術者の一人なのだ。

彼女が「セックスについては詳しい」と言ったのはそういう理由だ。

組織や教義の権威のために、神話や歴史を利用するのはよくあることだ。

鬼龍光一は、鬼道衆《きどうしゆう》という一派に属しているのだそうだ。その名の由来は、卑弥呼《ひみこ》の鬼道だというが、これはにわかには信じがたい。

一方、孝景は奥州勢《おうしゆうぜい》という一派に属しているらしい。これも鬼道衆と同じ系統だというが、二人のお祓いの手法はずいぶん違っている。

有沢は、こういう話についていけないようだ。もちろん、富野もすべて受け容《い》れているわけではない。

だが、鬼龍に言わせると、富野も術者の血を受け継いでおり、富野はかつては富姓であり、トミノナガスネ彦《ひこ》の系譜なのだそうだ。

鬼道衆も同じナガスネ彦の系統であり、富氏は彼らより位が上とのこと。ちなみに、孝景の安倍姓もナガスネ彦に縁がある。兄であるトミノアビ彦が安倍氏の祖なのだということだ。

信じるかどうかは別として、鬼龍や亜紀から聞いた話は、それなりに筋が通っているような気がした。

こういう話を無視するのは簡単だ。だが、鬼龍や孝景、そして亜紀と関わりができてしまった。富野には、彼らの言うことを否定する根拠がない。だから、判断を保留することにしていた。

カフェの席に座り、飲み物を注文すると、孝景が言った。

「……で、何で俺たちを呼んだんだ？」

富野はこたえた。

「亜紀が、おまえたちに相談しろと言ったんだ」

孝景は舌打ちする。

「こっちは、それどころじゃねえんだよ」

「ネットで叩かれていると言ったな」

富野は尋ねた。「どういうことだ？」

孝景は腹立たしげに、ふんとそっぽを向いた。

代わりに鬼龍がこたえた。

「インチキ呼ばわりされましてね……」

「インチキお祓い師だということか？」

「ええ。まあ、そういうことです。奥州勢だけじゃなくて、鬼道衆もインチキだって言われてます」

「ちょっと待て……」

富野は驚いた。「鬼道衆や奥州勢って、ネットで取り上げられるほど、世間に知られているのか?」

「まあ、知っている人は知っていますね」

鬼龍がこたえると、孝景が富野に言った。

「何でそんなに驚いてんだよ」

「そういうのは、秘密にされているんだと思っていた」

「秘密にしてたら、稼げないじゃねえか」

「稼ぐ……?」

「そうだよ。俺たちがどうやって食ってると思ってるんだ」

「何となく、教団から金をもらっているのかと思っていたが……」

「逆だよ」

「逆?」

「上納金があるんだよ」

それまで黙って話を聞いていた有沢が言った。

「ヤクザみたいですね」

「ふん」

孝景が言う。「本家とか宗家とかいうのは、そういうもんなんだよ。茶道だって華道だってそうだろう」

「だとしたら……」

富野は言った。「ダメージが大きいな」

鬼龍が聞き返す。

「ダメージ？」

「インチキ呼ばわりされたら仕事にならないんじゃないのか？」

「それが、逆なんです」

「逆……？」

「ネットで批判されてから、依頼が増えましてね……」

富野は眉をひそめた。

「どういうことだ？」

「それまで知らなかった人が、鬼道衆や奥州勢のことを知ることになりましたから……」

「だって、インチキだって言われているんだろう？」

孝景が言う。

「お祓い師に何か頼もうなんてやつは、とことん追い詰められているんだ。藁《わら》にもすがりたいってやつらばかりなんで、インチキだの偽物だのいわれていても、頼んでくるんだよ」

「へえ……」

富野は言った。「そんなものかね……」

鬼龍が富野に尋ねた。

「それより、亡者の話はどうするおつもりですか？」

「どうするって……。おまえたちに相談しろと言われたから、こうして相談しているんだ。こっちが訊《き》きたいよ。どうすればいいんだ？」

孝景が言う。

「祓っちまえばいいんだろう？」

すると、鬼龍が言った。

「亡者なんだ。祓えばいいって問題じゃないと思う」

富野は尋ねた。

「それ、どういうことだ？」

「亡者は、増殖するんですよ。亡者が発する陰の気は、普通の人を取り込んで、また亡者にしてしまいます」

「具体的に言ってくれ」

それにこたえたのは孝景だった。

「陰の気の陰は、淫乱の淫でもある。つまりさ、亡者とヤったやつが亡者になっちまうってことだ」

「それにですね……」

鬼龍が補足する。「急に亡者が問題を起こしはじめたということは、警視庁に何かが起きたということです」

富野は訊いた。

「それ、どういうことだ？」

「そうですね……。考えられるのは、結界が破られたんじゃないかということです」

「結界が破られた……」

「そうです。これまで、特に大きな不祥事がなかったということは、何かに守られていたということだと思います」

「まあ、不祥事はいろいろあったんだと思うが……」

有沢が言った。

「でも、今回は明らかに異常ですよ」

その言葉に、鬼龍がうなずく。

「そういうふうに感じるということは、何か変化があったということです」

有沢が鬼龍に言った。

「結界って、しめ縄を張ったりすること？　警視庁にそんなものなかったと思うけど」

孝景が失笑した。それを見て、有沢がむっとした顔になる。

鬼龍が説明した。

「結界というのは、呪《しゅ》の最も基本的な形なのです。すべての呪は結界から派生したと言ってもいいくらいです。そして、結界の張り方には、いろいろなやり方があります。宗派によっても違いますし、同じ宗派の中でもそれぞれの術者によって違います」

富野は質問した。

「誰かが、警視庁に結界を張っていて、それが最近破られたということなのか？」

「犯罪を扱い、人の生き死にに触れる警察というところは、どうしても、怨念や悪霊の影響を避けられません。本来、霊的にはおそろしく不浄な場所のはずです。ありとあらゆる霊障が起きても不思議ではありません。しかし、そういうことがないように、結界を張り、その中を浄化していたのだと思います」

孝景が言う。

「放っておいたら、それこそ魑魅魍魎《ちみもうりょう》の巣になっていたはずだ」

富野は言った。

「魑魅魍魎の巣と言われれば、そうかなとも思うが……」

妖怪のような警察官を何人も知っている。

孝景がふんと鼻で笑って言う。

「あんた、本物の魑魅魍魎を知らないからそんなことを言えるんだ」

富野は鬼龍に言った。

「おまえたちは、結界を張れるんだろう？」

「もちろんです」

「なら、警視庁の結界を張り直してくれ」

孝景が目を丸くした。

「冗談じゃない。どれくらい大がかりな結界だと思っているんだ。一人や二人でできるもんじゃねえ。金もかかるぞ」

「いくらくらいかかるんだ？」

「そうだな……。うちの宗家が請け負えば、数千万くらいだな」

「数千万……」

今度は富野と有沢が目を丸くする番だった。孝景がさらに言った。

「陰陽師《おんみょうじ》の宗家なら、億単位かかると言うかもしれない」

「億だって……」

富野は尋ねた。「何だ、その陰陽師の宗家って……」

「安倍晴明《せいめい》の末裔《まつえい》たちだよ」

「そんな連中がいるのか？」

「晴明には、五人の妾《めかけ》がいてな。それぞれの家が、陰陽五行の木火土金水の五家となったという説がある。それに晴明直系の総本家を加えて陰陽六家だ。それぞれの家系は今も続いていて、ちゃんと陰陽道の仕事をしているらしい」

富野はかぶりを振った。

「そんなに金がかかるんじゃ、俺たちにはどうしようもないな……」

「そうさ」

孝景が言う。「話がでかすぎてどうしようもない。だいたい、亜紀はなんで俺たちに相談しろなんて言ったんだ？」

「ええと……」

富野はこたえた。「正確に言うと、亜紀はおまえたちを指名したわけじゃない。強力な術者に相談しろと言ったんだ」

「まあ、俺たち以上に強力な術者はちょっといないからなあ……」

「その陰陽六家はどうなんだ？」

「ふん。俺たちにはかなわねえよ」

「しかしなあ……」

富野が腕を組んだ。「おまえたちの手に負えないとなると、どうすればいいのかわからんな」

「あの……」

有沢が言った。「自分らがどうこうする必要はないんじゃないですか？」

孝景が言う。

「そうだな。そのうち警視庁内は亡者だらけになって、役に立たなくなるだろうけどな」

有沢が情けない顔で「そんな」とつぶやく。

すると、鬼龍が言った。

「やりようはあるかもしれません」

富野は鬼龍を見た。

「結界を張れるということか？」

「いろいろと調べてみなければなりませんが……」

「調べれば何とかなるのか？」

「そのためには、池垣亜紀の力が必要だと思います」

「おい、女子高校生に頼るってのか？」

「彼女は、元妙道の術者ですよ。頼りになるはずです」

「自分じゃどうしようもないと言っていたぞ」

「一人じゃ無理だということでしょう。だから、我々に声をかけるように言ったのです。とにかく、連絡を取ってみましょう」

富野は、溜め息をついてから、携帯電話を取り出した。

3

「じゃあ、うちに来て」

電話をかけ、どこかで会って話がしたいと言うと、亜紀がそう言った。

富野は尋ねた。

「ご両親は？」

「二人とも、七時過ぎでないと帰ってこない」

時計を見ると、午後五時三十分だ。亜紀の自宅は世田谷《せたがや》区下馬《しもうま》三丁目だ。タクシーで向かえば三十分ほどで着けるだろう。

「わかった」

富野は言った。「すぐに向かう」

電話を切ると、富野は有沢に言った。

「直帰するからと、係長に連絡入れとけ」

孝景が言った。

「じゃ、俺たちは帰るぜ」

「待てよ」

富野は孝景に言った。「おまえも来るんだよ」

「何でだよ」

「何でって……。まだ何も解決してないじゃないか」

「俺たちには手に負えないと言っただろう」

「鬼龍は、やりようがあるかもしれないと言った。だから、亜紀に電話したんじゃないか」

さらに何か言おうとする孝景を制して、鬼龍が言った。

「とにかく、亜紀と話をしてみよう」

孝景が舌打ちする。

富野はうなずいて、立ち上がった。


タクシーに四人が乗り込んだ。狭いのが嫌だという孝景を助手席に乗せた。後部座席は三人で、たしかに窮屈だった。

下馬三丁目の亜紀の自宅に着いたのは、午後六時を少しばかり回った頃だった。

「いらっしゃい。わあ、白と黒。相変わらずね」

孝景が仏頂面でこたえる。

「服装も呪《しゅ》の一部なんだよ」

リビングルームに案内された。四人の客がソファに座り、亜紀はダイニングテーブルの椅子を持ってきて腰を下ろした。

富野が言う。

「二人は、警視庁の結界が破られたんじゃないかと言うんだが……」

亜紀がこたえる。

「そうかもしれないね」

「結界を張り直すには、数千万から億単位の金がかかると言うんだ」

「たぶん、そうだね」

「そんな金は俺たちには出せない。だが、鬼龍はやりようがあるかもしれないと言うんだ」

亜紀が鬼龍を見た。

「やりよう？　どうやるの？」

「術者の人数を集めれば、俺たちでも結界張りはできるでしょう」

「何人くらい必要なの？」

「さあ……。詳しく調べてみないと何とも言えませんが……」

「どうやって調べるの？」

「結界は、破られたとしても必ず痕跡があります。それを捜して歩きます」

「警視庁の周辺で？」

「内部も調べる必要があるでしょう」

すると、有沢が言った。

「警視庁内部を？　どうやって調べるんだ？」

孝景が有沢に言う。

「それは、あんたらが考えろよ」

「え？　自分らが考える……？」

「そうだよ。俺たちが警視庁内部を自由に歩き回れるようにしてもらわないと……」

「そんな……」

有沢が救いを求めるように富野を見た。

富野は鬼龍に尋ねた。

「調べるって、具体的にはどんなことをするんだ？」

「おそらく、見て歩くだけで済むと思います」

富野はあれこれ考えてみた。

「それなら、何とかなるかもしれないが……」

有沢が目を丸くする。

「こんな連中が庁内を歩き回っていたら、みんな何事かと思いますよ」

すると孝景が言う。

「あんたらが同行すればいいだろう」

有沢がむっとした顔で言う。

「自分らは暇じゃないんだよ」

それに孝景が言い返す。

「俺たちだって暇じゃないんだ。だいたい、破れた結界の調査をしたり、結界を張り直したりして、いったい誰が金を払うんだ？　ただ働きは真っ平だぞ」

富野が言う。

「これまでも、いろいろと協力してくれたじゃないか」

「ふん」

孝景が鼻を鳴らす。「ただ働きをしていたわけじゃない。まあ、どんな場合でも、それなりに金を引き出す手段はあるんだ」

「じゃあ、今回も誰か金を払ってくれる人を見つければいい」

「金を払わせるには、それなりの仕組みってものが大切なんだ。人は自分の得にならないことに金は払わねえよ」

それはそうだろうなと、富野は思った。

亜紀が言った。

「破られた結界を張ったのは誰だったの？」

「はあ……？」

孝景が聞き返す。「何だって？」

「もともと警視庁には結界があったわけでしょう？　それを張ったのは誰なの？　その人にまた張ってもらえばいいじゃない」

孝景が鬼龍を見て言った。

「陰陽師《おんみようじ》本家あたりかな……」

「どうでしょうね……」

富野は確認した。

「億単位の金が動いたってことか？」

鬼龍がこたえた。

「あるいは、それに相当する何か別なものを得たはずです」

「別なもの……？」

「何かの権限とか……。まあ、本家の誰かに訊《き》いてみればいいことでしょうが、素直にこたえてはくれないでしょうね」

孝景が思案顔になって言った。

「本家とは限らないか……。行政にはいろいろなやつらが入り込んでいるからな……。本家は行政というより、宮内庁と関係が深いんだし……」

亜紀が言った。

「何の話をしてるの？」

富野も同様の疑問を持ったので、鬼龍の顔を見た。

鬼龍がこたえた。

「陰陽師は、日本の政治と深い関わりを持っていまして……」

有沢が失笑する。

「オカルトマニアや陰謀論者が言いそうなことだな」

鬼龍が言う。

「事実なんですよ。実際に、警視庁に結界を張った者がいるわけですから……」

「いや……」

有沢は苦笑を浮かべたままで言う。「その話だって、常識じゃ考えられないんだから」

孝景が言った。

「常識って何だよ。そんなのあんたの常識でしかないんだ。俺たちの常識とは違うんだよ」

「政府の機関が、陰陽師を雇ってるとでも言うのか？　そんなこと、信じるやつはいないよ」

「ばかじゃないの」

「何だって……」

「平安時代の陰陽寮は、今で言う文科省みたいなもんだったし、気象庁の役目も果たしていたんだ」

「それ、昔の話じゃないか」

「長年、皇室も陰陽師を頼りにしていた」

「だから、昔の話だと言ってるだろう」

「国ってのはな、そう簡単に変わるもんじゃないんだ。よその国は、王朝が入れ代わったり、支配する民族が代わったりするけど、日本はそういうこともなかった。同じ王朝が二千年以上も続いている国なんて、世界中で日本だけだぞ」

「同じ王朝かどうかは、ちょっと疑問だけどね」

そう言ったのが亜紀だったので、富野は驚いた。高校生だと思ってあなどるわけにはいかない。亜紀は元妙道の術者なのだ。

「たしかに、古代の王朝が交替したという説があるようだな」

鬼龍がそれを受けて言った。

「水野祐《みずのゆう》の『三王朝交替説』ですね。崇神《すじん》王朝、仁徳《にんとく》王朝、継体《けいたい》王朝が、順次入れ代わったという説です」

孝景が補足するように言う。

「でも、今じゃその説はあまり支持されていない」

「いや、そういう話じゃなくて……」

有沢が言った。「日本の政治と陰陽師の話だ」

「だからさ」

孝景が言う。「時代が変わると、世の中もずいぶん変わったと思うだろう？　けどな、驚くほど変わらない部分ってのがあるんだ」

富野は鬼龍と孝景の両方に尋ねた。

「今でも、政府で働いている陰陽師がいるということか？」

「内閣官房にいますよ」

鬼龍が、まるで当たり前のことのように言ったので、さすがに富野は唖然《あぜん》とした。

「内閣官房だって……」

「歴代の総理に占い師がついているというのは、けっこう有名な話ですよ」

孝景が言う。

「当たり障りがないように『占い師』なんて言い方をしているけど、正体は陰陽師だよ」

「じゃあさ」

亜紀が言った。「その内閣官房の『占い師』が警視庁に結界を張ったってこと？」

「どうかな……」

「もしそうなら、その人に結界を張り直させればいいじゃない」

孝景が再び思案顔になる。

「ところがさ、事はそう簡単じゃない」

「どうして？」

「政権が代われば、『占い師』も代わる。陰陽師じゃなくて、本当の占い師が総理についていたこともあるそうだ。タロット占いだ。笑っちゃうだろう？」

「つまり、今の『占い師』は警視庁に結界を張った人じゃないってこと？」

「そうかもしれないっていう話だよ」

鬼龍が富野に言った。

「とにかく、調べてみることが先決です。まず、陰陽師本家にも当たってみましょう。もしかしたら、何か知っているかもしれません」

「本家に知り合いがいるのか？」

「いないこともありません」

「さらに面倒なのはさ……」

孝景が言う。「行政に関わっているのが、本物の陰陽師とは限らないってことなんだ」

富野は眉をひそめる。

「インチキってことか？」

「まあ、そう言っていいだろうな」

亜紀がくすくすと笑った。

孝景が尋ねる。

「何がおかしいんだ？」

「だって、鬼道衆も奥州勢も、ネットでインチキだって言われてるじゃない」

とたんに孝景の機嫌がさらに悪くなる。ふてくされたような顔で言った。

「つまんねえ書き込みをしたやつを見つけて、徹底的に後悔させてやるさ」

鬼龍が言った。

「警視庁の中を調べられますね？」

「何とか考えてみる」

「そのときは、亜紀にも来てもらいます」

富野は驚いた。

「なんで、亜紀に……」

「亡者を見つけるのは、俺たちよりうまいはずです。それに、亡者は彼女に引き付けられるはずです」

「それって、囮《おとり》にするってことか？」

するとと、亜紀が言った。

「まかせて。私以上の囮はいないわよ」

翌日の朝、富野と有沢は、小松川《こまつがわ》署に行くように係長に命じられた。少年の傷害事件があり、送検に立ち会えと言われたのだ。

たいていの少年事件は所轄が片づけるが、たまにこうして本部にお呼びがかかることがある。別の事件とつながっていたり、背後に何者かがいるような場合に、こうして本部が出張《でば》る。こういうときに情報を吸い上げ、蓄積しておくのだ。

「背後の何者か」というのは、昔はたいてい暴力団だった。いわゆる「ケツ持ち」というやつだ。だが、暴対法や排除条例の施行以来、ちょっと事情が変わってきた。

暴力団が表立った活動を封じられ、地下に潜るに従い、相対的に半グレやギャングと呼ばれる反社会的集団が勢力を拡大してきた。

不良少年たちは、そういう連中と関わりを持つようになった。

暴力団のケツ持ちと違い、半グレやギャングは、「先輩・後輩」というつながりを持つことが多い。

かつての暴走族に似た文化があるのだ。それだけ、不良少年たちにとっても馴染《なじ》みやすい。

今回は、荒川《あらかわ》の河川敷で乱闘したという今どき珍しく気合いが入った事件だった。総勢十人ほどの少年がいたらしいが、検挙できたのは三人だけだったという。

小松川署に到着したのは、午前十時半頃だった。すぐに送検するというので立ち会った。別に面倒なことは何もなかった。送検したらすぐに家裁に送致され、そこで処分が決まる。

小松川署の取り調べ担当者は、田中《たなか》という中年巡査部長だった。

田中が言った。

「逃走した連中の名前は聞き出せなかったな……」

富野はこたえた。

「半分は対立グループだろう？　名前なんて知らないんじゃないか」

「仲間が、少なくとも二、三人はいたはずだ」

「仲間を売らないなんて、今どき見上げたやつらじゃないか」

田中がふと表情を曇らせる。

「乱闘になった原因だが……」

「ただの抗争だろう？　犬の縄張り争いと変わらないよ」

「それがな、売春絡みかもしれないんだ」

「何だそれ……」

「村井猛《むらいたけし》というやつが言ってたんだが、知り合いの女子が、対立グループの連中に売春を強要されたらしい」

「それを聞いたからには、捜査しなけりゃならない」

田中は頭をかいた。

「署としては、今日の送検ですっきりと一件落着にしたいところなんだが……」

警察署はどこもいっぱいいっぱいだ。

「気持ちはわからんわけじゃないが、情報があったからには放っておくわけにもいかないだろう」

「手を貸してくれるかい？」

「もちろんだ」

田中は笑みを浮かべてうなずいた。その顔を見て、富野は「やられた」と思った。田中は最初から富野たちを巻き込むつもりだったのだ。

そもそも署に呼んだのは、そのためだったのだろう。

まあ、仕事なのだから断る理由はない。

「じゃあ、詳しく話を聞こうか」

「村井に会ってみるか？」

「送検は？」

「今日中に送ればいい。取調室を押さえよう」

田中が電話に手を伸ばすと、有沢が小声で言った。

「手伝うって、こっちに詰めることになるんですか？」

「そうなるかもしれんな」

「だったら、結界の話とか、もうなしですよね」

「どうしてだ？」

「どうしてって……。本部内で、鬼龍たちを連れ歩く時間なんてなくなるでしょう」

「そういうのは、やりようなんだよ」

「やりようって……」

「どうにでもなるってことさ」

受話器を置いた田中が言った。

「村井を取調室に運んだ。じゃあ、行こうか」

目つきの悪い、反抗的な少年だ。

警察官の中にもこういう連中と関わりたくないという者は少なくないが、富野は平気だった。慣れもあるが、悪ぶっているやつらの本心が透けて見える気がするのだ。多くの場合、彼らは怯《おび》えている。

だが、中には本当に悪いやつがいる。手を尽くしても、とうてい更生など望めない少年がいることも事実なのだ。

サイコパスも相当数いる。真剣に向かい合えば相手が心を開いてくれるといった期待が、彼らに会うとことごとく打ち砕かれる。

また、器質的に問題はなくても、環境が悪かったせいで、手のほどこしようがないほど荒れてしまった少年もいる。

そういう連中は、仕事と割り切って逮捕して送検するだけだ。あとは、家裁がすべてやってくれる。兇悪《きょうあく》な事件を起こした少年は、検察に逆送されるが、そういう例はあまりない。

村井を一目見た瞬間に、富野は「チョロい」と思った。

反抗的な態度はただ強がっているだけだ。それが見え見えだった。いっぱしの不良の目つきだが、それはおそらく、鏡を見て練習したのだ。

富野は名乗った上で、尋ねた。

「知り合いの女性が、何かトラブルにあったと言っているそうだな」

村井はただ、富野を見据えるだけで何も言わない。意地を張って黙秘する被疑者もいるが、村井の場合は違うと、富野は思った。

彼は、何をしゃべればいいのかわからないのだ。強がっているが、きっとパニック寸前なのだ。

こういう場合、どうすればいいかを教えてやることだ。富野は言った。

「そのトラブルが原因で、果たし合いになったそうだな。じゃあ、そのトラブルについて詳しく聞かせてもらわなければならない」

村井はまだ口を開かない。

富野はさらに言った。

「その女性のことを、助けたいんじゃないのか？」

その一言はかなり効果的だった。村井の眼から険が消えた。

4

「あいつら、ナギにウリをやらせやがったんだ」

「ウリってのは売春のことだな？」

「ああ」

「ナギってのは？」

「島田《しまだ》凪《なぎ》。俺たちの仲間だよ」

「どういう仲間だ？」

「どういうって……。仲間は仲間だ」

「同じ高校とか……。あ、おまえ、高校生だよな？」

「そうだよ」

いっそうふてくされたような態度になる。自分が高校生だということに、何か負い目でもあるのだろうか。

きっと、学校が気に入らないのだろうと、富野は思った。

「島田凪は？」

「別の高校だよ。けど、中学生の頃からつるんでた」

「どういう経緯で、島田凪が対立グループに売春をさせられることになったんだ？」

「知らねえよ」

「おい、ここは重要なところだぞ。事情がわからなきゃ、島田凪を助けられないんだ」

「本当に知らねえんだよ。まさか、ナギがあいつらと付き合いがあるだなんて……。きっと何か弱みを握られて、脅されたんだ」

「やつらってのは？」

村井はそっぽを向いた。

すると、田中が言った。

「ほらな。こういう話になるとダンマリなんだ」

富野は村井に言った。

「対抗しているグループなんだろう？　それに島田凪に売春をやらせるようなやつらだ。義理立てする必要はないだろう」

村井は何も言わない。

富野はさらに言った。

「ここが重要だと言っただろう。相手の悪事が明らかになれば、おまえらだって情状酌量の余地があるんだ」

村井はふんと鼻を鳴らす。

「情状酌量なんて、必要ねえよ」

「ばか言え。家裁の判事の心証は大事だ。なあ、相手グループのことを教えてくれよ」

村井はそっぽを向いたままだ。だが、明らかに動揺していた。ここは、相手が話しだすのを待つ場面だと、富野は判断した。

富野が沈黙を守ると、村井はさらに動揺した。

やがて彼は、沈黙に耐えられなくなったように言った。

「木戸《きど》の仲間だよ」

「木戸……？」

「木戸涼平《りょうへい》。俺らよりいっこ上だ」

富野は田中に尋ねた。

「知ってるか？」

「いや、知らないな」

名の売れた不良の名は、所轄がつかんでいる。田中が知らないのなら、木戸涼平はそれほどメジャーではないということだ。これまでに事件を起こしたこともないのだろう。

富野は村井に眼を戻した。村井も富野を見ていた。

「何人くらいのグループなんだ？」

「たぶん、六、七人だと思う」

なるほど今風だなと、富野は思った。

かつて、暴走族やギャングはその数の多さを競ったものだ。今では、少人数のグループが主流だ。半グレは勢力を拡大していると言われているが、それぞれのグループはそれほど大きくない。ただ、そのグループが広範囲にネットワークを作っているのだ。それが暴力団と決定的に違う点だ。

「木戸涼平の住所は？」

「知らねえ」

「どのあたりに住んでいるんだ？」

「新小岩《しんこいわ》の駅あたりにいることが多いから、そのへんだろう」

富野は田中を見てうなずいた。そろそろ話を終わりにしていいと思ったのだ。

それを察したらしく、村井が落ち着かない様子で言った。

「なあ、俺、どうなるんだよ」

本音が出たなと、富野は思った。

「だから、家裁の判事次第だと言っただろう」

「情状酌量はどうなったんだよ」

やはり期待していたらしい。

「送検のときに、担当者が意見書をつけてくれるよ」

実際、警察官ができることはそれくらいだ。

村井は、またそっぽを向いた。まだ見栄を張る気力があるとは見上げたもんだ。富野はそう思って、取調室を出た。

田中の席に戻ると、富野は言った。

「木戸涼平ってやつのこと、調べてくれるか？」

「ああ。乱闘して逃げたやつだからな。俺たちの仕事だ」

「じゃあ、これで引きあげる」

田中は驚いた顔になった。

「おい、手を貸すんじゃなかったのか」

「心配するなよ。やることはやるよ。けど、その前に上に報告しなけりゃならない。勝手に捜査はできないからな」

田中はさらに驚いた顔になって言った。

「へえ、あんた、そういうことを言う人じゃないと思っていた」

「どういう意味だよ、それ」

「規則とか、あまり気にしないって評判だから……」

「誰が言ってるんだよ、そんなこと。俺はきわめて真面目な警察官なんだよ」

田中はにやにやと笑っていた。冗談だと思ったようだ。心外だな、俺は本気で言ったんだぞと、富野は思っていた。


小松川署を出ると、有沢が言った。

「本部に戻るんですか？」

「そうだ。鬼龍たちとの約束もあるしな」

「えっ。あの話、本当に終わりじゃないんですか？　小松川署の件を手がけるんでしょう？」

「どっちもやるんだよ」

○5○

「警視庁の結界の話なんて、どうだっていいじゃないですか。どうせ眉唾なんだし……」

有沢が言うことはもっともだ。それが良識というものかもしれない。

「けどな、俺は無視できないんだ」

「無視できない……」

「そうだ。不可解なことは無視すればいいと考える人もいる。理解できない出来事を、そんなものは実在しないのだと目をつむる人もいる。だがな、俺はこう思う。否定する根拠がなければ、否定してはいけないんだって……」

「そりゃあ……」

有沢が言う。「自分も、実際に鬼龍たちがやったことは、この眼で見ていますからね……。ただですね」

「何だ？」

「どうして、富野さんがやらなくちゃならないんです？　百歩譲って、本当に警視庁の結界が破られたのだとしてもですよ、どうして自分らがその処理をしなけりゃならないのかなと思いまして……」

「誰もやらないからだ」

「え……？」

「誰もやらないから、俺がやる」

「マジですか……」

「そうだ。田中にも言ったがな。俺は真面目なんだよ」

昼食を済ませ、午後一番に係長に小松川署の件を報告した。明日《あした》から、小松川署に詰めるかもしれないと言うと、計画書を出せと言われた。

席に戻ると、富野は有沢に言った。

「書類、頼むぞ」

「小松川署の応援ってことでいいんですよね？」

「ああ。乱闘の件だけじゃなくて、売春の疑いについても触れておけ」

「わかりました」

ノートパソコンを開く有沢を見ながら、富野は携帯電話を取り出し、鬼龍にかけた。

「本部庁舎を調べる件だが……」

「すでに、外回りは孝景と調べました」

「孝景は、文句を言っていたじゃないか」

「言わなきゃ気が済まないやつなんです。でも、やることはやりますよ」

「それで……？」

「よくわかりません」

「よくわからない……？」

「はい。取りあえず、鬼門や裏鬼門を調べていますが、どのくらいの範囲の結界があるのか、まだ把握できていないので……。内部を見てみるのが手っ取り早いかもしれないと、孝景と話していたところです」

「これから来られるか？」

「ええ。だいじょうぶです。ただ……」

「何だ？」

「亜紀がまだ学校です」

「そうだったな……」

「午後四時頃なら、だいじょうぶだと思います」

「じゃあ、四時頃に正面の受付で待っている」

「わかりました」

富野は電話を切り、四時に鬼龍たちが来ると告げると、有沢は何も言わずにうなずいた。


富野と有沢は、本部庁舎一階の受付の前で鬼龍たちを出迎えた。

亜紀は興味津々の様子だ。

孝景が言った。

「何だよ、この駅の改札口みたいのは……」

有沢が首からさげる入館証を手渡しながら言った。

「これをかざさないと、このゲートの中には入れないからね」

「こんなの役に立つのかよ。本気で何かやろうと思ったら、簡単に乗り越えられるじゃないか」

「だが、乗り越えるやつはいないだろう」

鬼龍が言った。「これも、一種の結界だ」

富野は鬼龍に言った。

「じゃあ、早くも結界を一つ見つけたわけだ」

「いや、冗談ではなく、結界というのはこういうものなのです。境界を決めて、その向こうとこちら側を行き来できないようにする。それだけで、立派な結界なんです」

「悪霊が、このゲートで防げるとでも言うのか？」

「これで神霊を封じたりはできませんが、考え方としては同じものです」

一行は、エレベーターホールへと進んだ。本部庁舎のエレベーターは高層階用と低層階用に分かれている。

富野は鬼龍に尋ねた。

「さて、最初はどこに行こう」

「事件があった階に行きましょう」

「おい、言っておくが、事件じゃないぞ」

「じゃあ、何と言えばいいんですか？」

亜紀が言った。

「非違行為って言うんだよ」

孝景が言う。

「何でもいいよ。その階に行こう」

「じゃあ、近いところから……」

受付係などが着替えや休憩に使う部屋や、取調室の前に行ってみたが、鬼龍も孝景もあまりぴんとこない顔をしている。

鬼龍が亜紀に尋ねた。

「どうです？」

「たしかに、亡者がいたね」

富野は亜紀に言った。

「どうしてわかるんだ？」

「亡者はね、陰の気を残していくの。そのあたりの空気がねっとりしている」

「陰の気を残す……？」

「そう。犬のおしっこみたいなもん」

孝景が言った。

「けど、ここにはもう亡者はいない」

鬼龍がそれを補足するように言う。

「それに、結界破りの痕跡もありませんね……」

富野は言った。

「じゃあ、次は八階に行ってみるか。刑事が記者をぶん殴ったところだ」

エレベーターを降りたとたんに、亜紀が「ふうん」と声を洩《も》らした。

「どうした……？」

富野は尋ねた。

「陰の気が濃い」

「そうですね」

鬼龍が言った。「これなら、亡者がいても不思議はありません」

孝景が言った。

「ここは、何なんだ？」

富野はこたえた。

「この先は、プレスクラブ。報道各社の小部屋が並んでいる」

「へえ、これが悪名高き記者クラブか」

富野が聞き返す。

「悪名が高いのか？」

「記者みんなが足並みをそろえるから、新聞には同じような記事しか載らないし、テレビのニュースも、どこもいっしょなんだろう？　海外のプレスの連中は、みんな不思議がってるよ」

どうせ聞きかじりだろうと、富野は思ったが黙っていることにした。プレスクラブについては賛否両論あることを、富野も知っていた。

だが、警視庁巡査を拝命したときから、プレスクラブはずっと存在しているので、別に疑問に思ったことはなかった。

刑事ではないので、記者に付きまとわれた経験もほとんどない。

「あれえ、何やってんだ、こんなところで……」

そう声をかけてきたのは、受付係の件を目撃したという組対四課の男だった。

彼は、まず亜紀を見た。やはり若い女性に眼が行くようだ。それから、鬼龍と孝景をまじまじと見つめた。

　富野が言った。

「そっちこそ、ここで何をしてるんだ?」

「詐欺絡みでちょっとな……」

　八階には、生活経済課がある。同じ生活安全部だが、富野たちの少年事件課は九階だ。最近、暴力団関係者が特殊詐欺をやるケースが増えているから、おそらくその関係だろうと、富野は思った。

「こっちは、庁内見学だよ」

「へえ……。お知り合い?」

「協力者だ」

「少年事件を扱っていると、いろいろな協力者がいるんだなあ……」

　彼はまた、亜紀を見た。

「そういえば、まだ名前を聞いてなかったな」

　組対四課の男がこたえた。

「桑原鉄彦《くわはらてつひこ》巡査部長だ。クワバラと濁るなよ。雷除《よ》けのおまじないじゃないんだ」

　孝景が言う。

「あ、そのまじない、けっこう効くんだぜ」

　桑原が怪訝《けげん》そうに孝景を見る。

　富野は尋ねた。

「ここで非違行為起こしたやつのこと、知ってるって言ってたな?」

「ああ。知ってるよ」

「そいつは今、どうしてるんだ？」

「新聞社のほうから手打ちを申し出たってことだから、普通に仕事してんじゃないの？」

「処分は？」

「知らんよ。戒告か、せいぜい減給じゃないか」

「辞めてないんだな？」

「辞めてない」

「普段はおとなしいやつだと言ってたな？」

「ああ。殴られた記者のほうにも問題があったんじゃないのか？」

「記者のほうに？」

「だからさ……」

桑原は、ちらりとプレスクラブのほうを見て声を落とした。「新聞社も表沙汰にしたくなかったんだよ。向こうから手打ちを言い出すってのは、そういうことだろう」

「その新聞記者については、何か知ってるのか？」

「知らないよ。そこにいるんじゃないの？　興味があるなら、本人から話を聞いてみれば？」

そう言われて富野はプレスクラブのほうを見た。

「そうだな……」

桑原があきれたように言った。

「なんでそんなに、非違行為が気になるんだ？」

「明日は我が身ってこともあるからな」

桑原は、肩をすくめると、階段に向かって歩きだした。

富野は、有沢に言った。

「おい。殴られた記者がいたら、呼んでこい」

「え……？　なんで自分が……」

「そういうのは、おまえの役目なんだよ」

有沢が、プレスクラブに向かった。しばらくして、記者らしい人物を連れて戻ってきた。だが、それが殴られた記者ではないことは一目でわかった。

有沢といっしょにやってきたのは女性だった。年齢は二十代の終わりから三十代の前半というところか。

彼女は、戸惑っている様子だ。鬼龍、孝景、亜紀という顔ぶれが意外だったのだろう。

たしかに、本部庁舎内でこんな連中に会うとは思わないだろうと、富野は思った。

その女性が言った。

「白河《しらかわ》は、当直明けで休んでおりますが……」

富野は言った。

「非違行為の被害にあわれた方は、白河さんとおっしゃるのですね？」

「白河章介《しょうすけ》です」

「あなたは？」

「同じ社の吉岡《よしおか》真喜《まき》と申します。何か、ご質問がおありなら、私が承りますが……」

「本人と直接話がしたいんです。明日はいらっしゃいますか？」

「ええ、そのはずです」

富野はうなずいた。

「では、明日また声をかけさせていただきます」

「伝えておきます。では……」

吉岡真喜はそう言うと、踵《きびす》を返した。

そのとき、亜紀がまた「ふうん」とつぶやいた。

5

　富野は、亜紀に尋ねた。

「なんだ、その『ふうん』ってのは」

　亜紀がこたえる。

「今の女の人、陰の気が濃いなあと思って……」

　富野は驚いた。

「亡者だってことか？」

「それはわからない。もともと陰の気が濃い人はいるし、白河って記者が亡者かもしれないでしょう？　そのそばにいたら、影響を受けることもある」

　有沢が亜紀に言った。

「待てよ。白河は殴られたほうだぞ。殴ったほうが亡者だというのならわかるけど」

「記者のほうにも問題があったって、さっきの刑事が言ってたじゃない」

　富野は考えた。

「たしかに、桑原がそんなことを言っていたな……」

有沢が言った。

「警察官が一方的に悪いと思いたくないだけじゃないですか？」

孝景が言った。

「そんなこと、ここでごちゃごちゃ言っていても仕方ないだろう。その白河って記者に会ってみりゃわかることだ」

「そうだな。だが、白河が今どこにいるのかわからない」

「明日《あした》、また声をかけると言ったな？」

孝景が言う。「そのときに、亜紀に会わせればわかるさ」

富野は言った。

「亜紀に丸投げして、自分は知らんぷりか？」

孝景が舌打ちした。

「雁首《がんくび》そろえて会う必要はないってことだ。俺たちは俺たちでやることがあるんだよ」

「俺たち……？」

富野は鬼龍を見た。

鬼龍がこたえた。

「陰陽師《おんみようじ》本家と連絡を取ってみます。うまくすれば、明日にでも会えるかもしれません。いっしょに会いますか？」

富野はしばし考えた。

そういうことは鬼龍たちに任せておけばいいのかもしれない。だが、結界の修復を言い出したのは富野だ。会っておく必要がある。

それに、正直言って、陰陽師本家がどんな人なのか、会ってみたい気がした。

「連絡をくれ」

富野は鬼龍に言った。「予定が合えば、俺も同席する」

「わかりました」

孝景が言う。

「じゃあ、俺たちはもう帰っていいな？」

「待ってくれ」

富野は言った。「あと少しだけ付き合ってもらう」

「何だよ」

「白河には会えないが、白河を殴った刑事には会えるかもしれない。行ってみよう」


一行は階段で二階下の捜査一課に向かった。警察官は階段を使う癖がついている。

富野は有沢に尋ねた。

「さて、どうやってその刑事を引っ張り出すかだが……」

「また自分に呼んでこいって言うつもりですね」

「桑原は、普通に働いているだろうと言っていたが、かなりガードがきつくなっているだろうな……」

「話を聞きたいと言っても、会わせてもらえないかもしれませんね」

「そいつの官姓名は？」

「捜査一課の性犯罪捜査係ですね。たしか第三係です。名前は、ええと、福間《ふくま》……」

「え……」

富野は思わず階段で足を止めていた。

「どうしました？」

「福間っていうのは確かか？」

「ええ。思い出しました。福間敦《あつし》です」

有沢は記憶力だけは確かだ。

「福間か……」

「どうしました？　知ってる人ですか？」

「同期だよ。しかも、同じ教場だ」

「え、そうなんですか」

「あいつ、記者ぶん殴るなんて、何やってんだよ……」

「だーかーらー」

孝景が言う。「亡者なのかもしれねえって話をしてるんじゃねえか」

富野は有沢に言った。

「俺が呼び出す。俺なら会えるだろう」

福間は席にいた。

有沢や鬼龍たちを廊下に待たせておいて、富野は、福間に近づいた。

福間は桑原も言っていたとおり、どちらかというとおとなしいタイプだ。教場でも目立たない男だった。

彼は富野に気づいて言った。

「富野か。久しぶり……」

「記者を殴ったんだって？」

福間は眼を伏せた。

「やっぱり、その話か……」

「別に責めにきたわけじゃない。俺にも気に入らない記者はいる。処分が気になってな……」

「譴責《けんせき》で済んだよ。けど、事実上の謹慎だな。こうやって、内勤をやらされている」

「ちょっとだけ、出られないか？」

福間は周囲を見回してから、席を立った。

「ちょうど、気分転換をしたかったんだ」

富野は福間を連れて廊下に出た。

福間は、鬼龍、孝景、亜紀の三人を見て怪訝《けげん》そうな顔をした。

富野は言った。

「俺の知り合いだ。気にしないでくれ」

「民間人か？　気にするなって言われても無理だ。いったい、何なんだ？」

富野は亜紀の顔を見た。

「どうだ？」

亜紀は無言でかぶりを振った。

亡者ではないと言っているのだ。

富野は肩をすくめて、鬼龍たちに言った。

「俺はちょっと福間と話をするから、おまえたちは帰っていいぞ」

孝景がまた舌打ちをした。

「付き合えと言ったり、帰れと言ったり、俺を何だと思ってるんだ」

それが捨て台詞《ぜりふ》だった。

富野は有沢に、三人を玄関まで送るように言った。

福間が言った。

「あれは何者だ？」

「お祓《はら》い師だな」

「お祓い師……？」

福間が苦笑した。「俺に何か憑《つ》いているとでも思ったのか」

「じゃなきゃ、あんなことはしないと思った」

「真顔でそういうこと言うなよ。挑発されたんだよ」

「挑発……？」

「……というか、絡まれたんだ」

「白河という記者にか？」

「そう」

「絡まれたって、なんでまた……」

福間が周囲を見回した。それから声を落として言った。

「俺が女性記者に手を出しただろうと言うんだ」

「女性記者？　ひょっとして、吉岡真喜という記者か？」

「どうして知ってるんだ？」

「白河に会いにいったら、そいつが出てきた」

福間が眉をひそめる。

「どうして白河に会いにいった？」

「おまえのことが心配だからに決まってるだろう。何があったのか、知ろうと思ったんだ」

福間は、ちょっと感激した様子だった。嘘も方便だ。今の福間は弱気になっている。白々しい言葉でも心に沁《し》みるのだろう。

「一杯やっていたら、吉岡真喜に夜回りをかけられた」

刑事が居酒屋などで飲んでいると、記者がやってきてあれこれ質問をする。それが夜回りだ。

富野はよく知らないが、夜回りにも暗黙の了解事項があるそうだ。記者が声をかけてくるのは限られた店でのことらしい。

質問されるのが嫌なら、そんな店に行かなければいいのに、刑事はなぜか頻繁にそういう店で飲む。

記者と刑事は複雑な関係らしい。

「それで?」

「酔ってたのかな……。なんか、俺、誘惑されそうになってさ……」

「ヤっちまったのか?」

「危なかったな……。もう少しでホテルかどこかに連れ込むところだった」

「それを白河に知られたというわけか?」

「あいつ、いつになくムキになってな。こっちが言い返したら、こう言われた。性犯罪担当の刑事が性犯罪をやってりゃ世話ないなって……」

「それは腹が立つな……」

「ああ。それで、気がついたら手が出ていた」

「まあ、譴責で済んでよかった。安心したよ」

福間は情けない顔で言った。

「女はトラブルの元だ……」

「まったくだな」

「じゃあ、俺戻るから……」

「ああ。元気出せよ」

福間はうなずいてから、去っていった。

席に戻ると、有沢がいた。富野は尋ねた。

「鬼龍たちは?」

「帰りました」

「そうか」

時計を見ると、午後五時になろうとしていた。鬼龍たちがやってきてから、ずいぶんと時間が経ったように感じていたが、実際には一時間ほどでしかなかった。

富野は、小松川署の田中に電話してみた。

「どんな具合？」

「いろいろと調べてるよ。ちょっとこっちに寄れないか？」

「わかった。今から向かう」

「よろしく」

電話を切ると富野は、有沢に小松川署に行くぞと告げた。

有沢が目を丸くした。

「え？　あと三十分で終業時間ですよ」

「警察官がそういうこと言うなよ」

「言ってみただけです」

有沢はあきらめ顔で、席を立った。


小松川署に着くと、終業時間の午後五時三十分を過ぎていた。

田中たち小松川署の少年事件係の連中も帰る気配を見せない。

田中が富野に言った。

「よう。ごくろう」

「何かわかったか？」

「今、島田凪と木戸涼平の所在を確認している」

「それで？」

「どちらもまだ見つかっていない」

「自宅住所は？」

「それはすぐに突き止めた」

「それなのに、所在がわからないのか？」

「島田凪は自宅にしばらく戻っていないようだ。学校にも顔を出していないらしい」

「珍しいことじゃないな」

「木戸涼平も家には帰っていないということだ。足取りを追っているが、新小岩あたりのツッパリたちも、木戸のことになると口を閉ざすようだ」

「口を閉ざす……」

富野は眉をひそめた。「木戸を恐れているということかな？」

「さあ、よくわからん」

「不良たちが恐れるような存在なら、あんたらが知らないのはおかしいだろう」

「俺もそう思うよ」

「二人がいっしょにいる可能性は？」

富野が尋ねると、田中はうなずいた。

「俺もそれを考えていたところだ。充分にあり得るよな」

「新興勢力なんですかね？」

有沢が突然そう言ったので、富野と田中は同時に彼のほうを見た。

有沢は二人の視線にたじろいだように言った。

「あ……。不良たちがびびってるのに、所轄が把握していないってことは、最近伸《の》してきたやつなのかなって思いまして……」

田中が富野に言った。

「それはあり得るな。警察の情報収集は後手に回りがちだ」

「そうは思いたくないがな……」

「もっと人手と時間があればって思うよ」

「村井はどうした？　あいつにもっと詳しく木戸のことを尋ねてみればいい」

「送検したが、実は身柄はまだうちの署にある。ここから家裁に送る手筈《てはず》になっている」

「今から話が聞けるか？」

「うーん……。検察や家裁はいい顔しないだろうがな……」

「一言質問するだけだ」

「じゃあ、留置場で聞いてくれ」

被疑者が弁護士などと接見する部屋があり、富野、田中、有沢の三人は、そこで村井と会った。

「何だよ。まだ何か用か？」

相変わらずツッパっているが、かなり迫力が落ちていると、富野は思った。

「木戸のことについて訊《き》きたいんだ」

村井の目つきが変わった。何かを期待するような眼差《まなざ》しだ。警察が本気で島田凪の件を調べることを望んでいるのだろう。

「木戸がどうしたって言うんだよ」

「木戸が島田凪に売春を強要したのが、喧嘩《けんか》の理由だと言ったな」

「そうだよ」

「木戸とは古い知り合いなのか？」

「別に古かねえよ」

「いつごろ木戸のことを知ったんだ？」

「一ヵ月か二ヵ月くらい前じゃね？」

「それって、かなり最近のことだな」

「なんか、生意気なやつがいるって話になって……」

「それが木戸だったわけだな」

「そうだ」

「生意気って……。向こうは一コ上だろう？」

「関係ねえよ。生意気は生意気だ。いつかはけじめをつけねえとと思っていたら、ナギの噂が流れてきた」

富野は田中の顔を見た。田中が確認するように、村井に言った。

「二ヵ月ほど前は、誰も木戸のことを知らなかったんだな？」

「俺たちは知らなかった。それが、急にでかい面しはじめてよ……」

田中が富野を見てうなずいた。

富野は村井に尋ねた。

「新小岩あたりで顔を売りはじめるまで、木戸のやつはどこで何をしていたんだ？」

「知らねえよ」

「誰か知っているやつはいないか？」

「知らねえって言ってるだろう」

村井はそう言ってから言い直した。「いや、誰も知らねえんだ。ある日突然、あいつの名前を聞くようになった。そういう感じなんだ」

「わかった。訊きたいのはそれだけだ」

富野が席を立とうとすると、村井は急に不安そうな顔になった。

「なあ……」

「何だ？」

「情状酌量とか、どうなったんだよ」

田中がこたえた。

「送検のときに、意見書をつけた。知り合いの女性のためを思ってやったことだと書いておいた。家裁の判事は参考にしてくれるはずだ」

村井は無言でうなずき、眼を伏せた。

富野は言った。

「ありがたいと思ったら、礼を言うもんだ」

「パクられたのに、誰が礼なんか言うかよ」

「言っておいたほうがいい。そうしたほうが生きやすいということを学ぶんだ」

そっぽを向いていた村井が、しばらくして小さな声で言った。

「礼って、何て言えばいいんだ」

「ありがとうございますだ」

またしばらく間を置いて、村井はふてくされたような態度のまま言った。

「ありがとうございます」


席に戻ると、田中が富野に言った。

「おたくの若いのが言ったことが正解だったようだな」

「有沢っていうんだ」

「わかった。覚えておく」

「どこの世界にも突然頭角を現すやつってのはいるもんだが、それには理由があるはずだ」

田中が思案顔で言った。

「木戸が急に伸してきたのにも理由があるということだな」

「そのはずだ」

「あのお……」

有沢が言った。「それを知ることって、重要ですか？」

富野が聞き返す。

「何だって？」

「いえ、重要なのは、島田凪が売春を強要されたということであって、木戸がどうやって伸してきたかなんて、どうでもいいことのように思うんですが……」

「どうでもよくはない」

富野が言った。「敵を知り己を知れば、百戦殆《あや》うからず、だ」

「木戸は敵ですか？」

「言葉のアヤだよ。相手のことをよく知ることは重要だ。じゃなきゃ、思わぬところで足をすくわれることになる」

「はあ……」

田中が言った。

「俺も気になるんで、こっちでも調べておく」

「島田凪だが……」

「何だ？」

「もし、木戸といっしょにいるんだったら、監禁や連れ回しということになるんじゃないか」

「……かもしれん。所在確認を急ぐよ」

富野はうなずくと言った。

「何かわかったら、すぐに連絡をくれ。じゃあ、俺たちはこれで引きあげる」

「ああ。わかった」

6

富野は、翌日の午前中にまた、有沢を連れて小松川署を訪れた。島田凪と木戸の行方は依然としてわからない。

田中も相棒の捜査員と捜査に出るというので、富野は本部に戻ることにした。

その日の午後一時過ぎに、鬼龍から電話があった。

「陰陽師《おんみょうじ》本家と連絡が取れまして、今日会うことになりました」

「何時にどこで会う?」

「同席されますか?」

「そうだな……」

富野はしばらく考えてから言った。「会っておいたほうがいいと思う」

「だったら、場所を決めてもらえませんか?」

「俺にセッティングしろと言うのか」

「本家にも警視庁を見てもらったほうがいいんじゃないかと思いますが、どうでしょう」

「おまえ、手に負えないんで、陰陽師に丸投げするんじゃないだろうな」

「本家に丸投げなんてできません。それこそ、いくらかかるかわかりませんから……」

富野はまたしばらく考えた。

「わかった。会議室を押さえておく。また亜紀もいっしょのほうがいいのか？」

「そうですね。本家に紹介しておくべきだと思います」

「じゃあ、昨日と同じく、十六時に受付でどうだ？」

「けっこうです」

富野は電話を切ると、有沢に午後四時から会議室を一つ押さえるように言った。有沢はすぐに手続きを始める。

富野は、その姿を眺めながら考えていた。

陰陽師本家に会うのに、何の予備知識もなくていいのだろうか。

鬼龍を疑うわけではないが、なにしろ怪しげな世界だ。本物とは限らない。かといって、今からあれこれ調べる時間はない。

その筋のオーソリティーからレクチャーを受けるのが一番だが、そんな人物は身近にはいない。

そこまで考えて、富野は思いついた。

一人いた。

警電の受話器を取り、神田署の刑事組対課強行犯係にかけた。

「生安部の富野といいます。橘川《きつかわ》係長をお願いします」

しばらくして返事があった。

「おお、富野か。元気か？」

「はい。実はちょっとうかがいたいことがありまして……」

「何だ？」

「陰陽師本家についてなんですが……」

一瞬の沈黙。

「そっちの話か。それで、何が知りたい？」

橘川亮治《りょうじ》係長は、オカルトマニアだ。神霊世界について、豊富な知識を持っている。鬼龍と孝景の能力を信じた数少ない警察官の一人だ。

「詳しくは会ってお話ししたいのですが、今からうかがっていいですか？」

「ああ、いいよ。急ぎの事案もないし。待ってる」

電話が切れた。

富野は有沢に言った。

「会議室、取れたか？」

「なんとか……」

「神田署に行くぞ」

「え……？　小松川署じゃなく……？」

「橘川係長に会いにいく」

「なぜ、突然……？」

「鬼龍が、陰陽師本家を連れてくるというんだ」

「あ、それで会議室を押さえたんですか？」

「そうだ。会うに当たっては、予備知識が必要だろう。でないと、失礼があるかもしれない」

「その人、本物なんですか？」

「だから、そういうことも含めて、予備知識が必要なんだ。行くぞ」

富野と有沢は、神田署に向かった。


「込み入った話か？」

神田署に着き、強行犯係を訪ねると、橘川係長が言った。

富野はこたえた。

「ええと……。それは、こちらが訊《き》きたいんですが……。陰陽師本家というのは、実在するんですね？」

「そこから説明するのか。そりゃ、込み入った話になるな……。場所を移すか」

富野と有沢は取調室に連れていかれた。富野は言った。

「被疑者になったみたいで、嫌な気分ですね……」

取調室には窓もなく狭いので、閉塞感がある。

「すまんな。こんなところしか空いてないんだ。それで……？　なんで、陰陽師本家について知りたいんだ」

「どこから話せばいいか……」

「こういうことは、最初から話すんだよ」

「そういう言い方をされると、本当に被疑者の気分ですよ」

富野は、警視庁本部で続いた非違行為から話しはじめた。そして、結界破りの疑いについて説明した。

橘川係長が言った。

「また、鬼龍や孝景が関わっているのか?」

「ええ。池垣亜紀も……」

「亡者絡みなんだな?」

「彼らはそう言っています」

「そうかあ……。警視庁本部の非違行為は、結界が破られたせいだというんだな?」

「どう思います?」

「納得できるね。世の中には、俺たちが知らない仕組みってものがあるんだ」

やはり橘川係長は否定しない。

「それで、今日、鬼龍が陰陽師本家を連れてくると言っているのです」

「今日? 何時に、どこで会うんだ?」

「十六時に、本部で」

「俺も行っていいか?」

「仕事のほうはだいじょうぶですか?」

「何とかする。陰陽師本家に会えるチャンスなんて、滅多にない」

「あのう……」

有沢が言った。「陰陽師本家って、本物なんですかね……」

橘川係長が腕組みした。

「問題はそこだ」

富野が言った。

「どういうことです？」

「ものすごくざっくりした話になるぞ」

「はい」

「そもそも陰陽師本家って、何か知ってるか？」

「安倍晴明の子孫でしょう」

「そう。安倍氏は家格は半家、明治以降は子爵だ」

「ハンケ？」

「鎌倉時代にできたお公家《くげ》さんの家の格だ。下級貴族だが、まあ今でいう技術官僚のような特別な立場だった。その安倍氏だが、室町時代か戦国時代の頃に、土御門《つちみかど》家を名乗りはじめる」

「土御門……」

「応仁《おうにん》の乱を避けて、京都のお公家が大勢、若狭《わかさ》国に移り住む。今の福井県だな。土御門家も同様だ。そして、その地で公家たちの精神的な支えになるわけだ」

「なるほど……」

「その土御門家が京都に戻ったのは、徳川家康《とくがわいえやす》が天下を取ってからだ。家康直々の命令だったということだ。おかげで、江戸時代には陰陽師を任免する権利を独占して、土御門家の全盛期を迎える。徳川家康のおかげということになっているが、実は家康を陰から守《も》り立てていた天海《てんかい》僧正がやったのではないかと、俺は考えている」

「政治的にも影響力を持っていたということですね？」

「皇室やお公家にとってはなくてはならない存在だった。その土御門家だが、明治になると政府が陰陽道など旧来の日本文化を軽んじるようになり、土御門家も陰陽道には関わらなくなる。そして、当主は子爵となり、貴族院議員をやったりしている」

「現在、その土御門家は？」

「男性当主が途絶えてしまったのだと言われている」

「断絶ですか」

「ご子孫はおられると思うが、陰陽師本家の当主としては事実上断絶と言っていいのではないかな……」

「じゃあ……」

富野は戸惑った。「今日やってくる本家というのは、何者なんでしょう……」

すると、有沢がしてやったりという顔で言う。

「やっぱり、インチキなんじゃないですか。警視庁の結界を張り直すなんて言って、金をせしめるつもりでしょう。詐欺ですよ。生活経済課か捜査二課に連絡したほうがいいですよ」

それに対して、橘川係長が言った。

「ところがさ、縁《ゆかり》の地の福井県に『天社土御門神道本庁』という宗教法人があってな。これはもともと土御門家が作ったもので、その血縁者が継いでいたが、今はかつての家臣の血統が継いでいる。つまり別系統なんだが、陰陽師本家を名乗るのは、そちらの系統という線もある」

富野は尋ねた。

「その宗教法人は、陰陽師なんですか？」

橘川は「うーん」と唸《うな》ってからこたえた。

「神道だな。簡単に言えば神社だ。陰陽道とは言えないかもしれない」

「じゃあ、陰陽師本家を名乗ったりはしないでしょうね」

「そうだなあ……」

有沢が言う。

「適当なことを言ってるだけじゃないですか。詐欺なんだから……」

富野は有沢に言った。

「そうやって、現実社会の枠組みに当てはめて片づけてしまうのは簡単だ。けどな、そういうのは、事実を見て見ないふりをしているだけだと、俺は思う」

有沢は、何か言い返したいらしい。だが、言葉が見つからないようだ。

富野はさらに言った。

「一般常識では説明がつかないことが起きたとする。もしそれが、俺たちの知らない理屈で説明がつくのだとしたら、そちらの理屈が正しいんじゃないか」

有沢はトーンダウンした。

「それはそうかもしれませんが……」

「非違行為が続いた。俺たちの常識じゃ、ちょっと考えられない現象だ。だが、鬼龍たちの理屈でなら説明がつく。筋が通っているんだ。だったら、彼らの言うことが正しいのかもしれない」

「富野さんの言っていることは理解できるんですが、どうもオカルトには拒否反応があって……」

橘川係長がにやりと笑って言った。

「いつかそういうやつらを納得させたい。俺たちはそれが生き甲斐《がい》なんだよ」

富野は橘川係長に言った。

「予備知識としては充分だと思います。助かりました」

「会うのが楽しみだ」

橘川係長が言った。「午後四時だな。じゃあ、また後で……」


小松川署から連絡はなかった。島田凪と木戸涼平の所在はまだつかめないようだ。

午後四時五分前になり、富野は有沢に言った。

「受付に行ってくる」

「え、出迎えでしょう？　自分が行きますよ」

「陰陽師本家のお出ましなんだ。礼を尽くすべきだろう」

「本気で言ってるんですか」

「本気だよ。相手がへそを曲げたりしたら面倒じゃないか」

二人で受付に行った。

鬼龍は、午後四時ちょうどにやってきた。孝景と亜紀を伴っている。さらに、老人がいっしょだった。陰陽師本家だろう。

彼らを生活安全部の会議室に案内しようとしているところに、橘川係長もやってきた。

それを見て、鬼龍が言った。

「久しぶりですね。お元気でしたか」

孝景が言った。

「なんで、あんたがここにいるんだよ」

橘川係長がこたえる。

「ええと……。オブザーバーってところかな」

「ちょうどよかった」

富野は橘川係長に言った。「これから会議室に移動するところです。いっしょに来てください」

移動の間、富野は老人をさりげなく観察していた。小柄で髪は真っ白だ。しわの奥に柔和な目がある。穏やかな眼差《まなざ》しだ。

会議室に入り、片側に警察官、片側に鬼龍たち術者が座る形になった。

鬼龍が言った。

「ご紹介いたします。陰陽師本家の萩原兼隆《はぎわらかねたか》さんです」

老人が言った。

「座ったままで失礼します。萩原と申します。よろしくお願いいたします」

声もその眼差しと同様に穏やかだ。いかにも本家らしいたたずまいだと、富野は思った。

警察官たちのほうもそれぞれ自己紹介した。

すると、萩原老人の小さな目が見開かれた。

「富野……？　もしかしてトミ氏でいらっしゃいますか？」

すると、鬼龍が言った。

「あ、すいません。言ってませんでしたが、おっしゃるとおり、富野さんはトミ氏です」

とたんに、萩原は立ちあがった。

「こちらは上座ですね」

何を言い出したのだろうと、富野は思った。

たしかに、彼らが座っているのは部屋の奥の側で、上座に当たる。

萩原がさらに言った。

「トミ氏の方が下座で、私どもが上座にいるわけには参りません」

富野は驚いた。

「え……？　どういうことでしょう」

「家柄の問題です」

「家柄……。あの、どうぞお気になさらずに……」

萩原は譲らない。

「いいえ。それはいけません。どうか上座にいらしてください」

結局、警察官と術者たちがそっくり席を入れ代わることになった。

橘川係長と有沢が、しげしげと富野を見つめている。その視線を意識しつつ、富野は言った。

「陰陽師本家とうかがって、土御門家の方ではないかと思っていたのですが……」

萩原がこたえた。

「我が萩原家も、土御門家と血縁関係がありましてな。つまり、安倍晴明の血統でもあるわけです」

「陰陽師本家を継ぐ人は、もういないという話を聞きました」

「土御門家は継いでいません。しかし、陰陽師本家が途絶えたわけではありません。土御門家の血を引く我が萩原家が本家を継いでおります」

「よろしいですか？」

橘川係長が言った。「土御門家に伝わった男系の血統は、江戸時代に途絶えたと聞いておりますが……。たしか、倉橋《くらはし》家に養子に行って、その後に……」

「よくご存じで……。その倉橋家から萩原家に嫁いだ者がおりましてな。そこで、土御門家の血筋が、萩原家につながったわけです」

「卜部《うらべ》萩原家が陰陽師本家を継がれたという話は聞いたことがないのですが……」

「はい。萩原本家は継いでおりません。私は分家ですので」

「萩原家の分家が、現在は陰陽師本家なのですか」

「そういうことになります」

すると、孝景が言った。

「どうだっていいだろう、そんなこと」

富野は孝景に言った。

「この際だから、陰陽師本家についてうかがっておきたいんだ。そんなことという言い方は、萩原さんにも失礼だろう」

「ふん。かまうもんか」

萩原が苦笑を浮かべて言う。

「私どもは、鬼道衆や奥州勢には逆らえませんからな……」

「え……？」

富野は尋ねた。「それはどういうことでしょう？」

それにこたえたのは孝景だった。

「俺たちのほうが術者として格が上だってことだよ」

富野は萩原に尋ねた。

「孝景が言ったことは本当ですか？」

「はい。鬼道衆や奥州勢には、とてもかないません。しかし、トミ氏はさらにその上でいらっしゃる」

橘川係長と有沢が、また富野を見た。富野は萩原に言った。

「最近、警視庁内で不審な出来事が続いています」

「話はうかがっております。結界が破られた恐れがあるとか……」

「鬼龍たちはそう言っていますが、陰陽師としてはどうお考えですか？」

すると、萩原はあっさりと言った。

「たしかに、陰と陽の均衡が崩れておりますな。陰に偏っている」

「陰と陽の均衡」

「はい。我々は突き詰めると、陰と陽のバランスを整えるのが役割なのです。そのために結界も張れば、呪《しゅ》も使います」

「陰陽のバランスが崩れているというのは、具体的にはどういうことでしょう？」

「人体に置き換えて考えてみてください。栄養が偏れば病気になります。また、交感神経と副交感神経の均衡が崩れれば、やはり患うことになります」

「警視庁本部が患っているということですか？」

「はい」

萩原は言った。「このままだと、取り返しのつかないことになります」

富野と橘川係長は顔を見合わせていた。

7

富野は尋ねた。

「取り返しのつかないことというのは、どういうことでしょう?」

萩原がこたえた。

「まず、秩序や風紀が乱れますな。そして、人々の諍《いさか》いが絶えなくなります」

「それは、まさに今、警視庁内で起こりつつあることです」

「それがますますひどくなる。すると、どうなります?」

孝景が面白そうに言った。

「そりゃ、マスコミの恰好《かっこう》の餌食《えじき》になるよなあ」

富野は言った。

「世の中を取り締まるどころじゃなくなる。警察の力が失われる……」

萩原が言う。

「もし、そうなれば、まさしく取り返しのつかない事態でしょう」

富野はうなずいた。

「おっしゃるとおりです」

「あの、よろしいですか？」

橘川が言った。「それを何とかしようと、ここにいるみんなが集まっているんじゃないですか？」

孝景が言った。

「別に俺は、警視庁なんてどうだっていいけどな」

富野は孝景を無視して、橘川の問いにこたえた。

「そういうことです。警視庁の結界が破られているのなら、それを修復しなければなりません。そして、もし誰かが意図的に結界を破ったのだとしたら、それについても調べる必要があると思います」

橘川は目を輝かせる。

「そいつは、面白そうだな」

富野は戸惑った。「面白いとか、そういう問題じゃなくて……」

「いや……」

「どうしてだ？　いったいどこの誰が、警視庁の結界を破ろうなんて考えたのか……。こいつは興味深い」

「簡単じゃないぜ」

孝景が言った。先ほどの一言は、みんなにあっさり無視されたが、今度は違った。萩原がうなずいて言った。

「たしかに、誰が結界を破ったのかを突きとめるのは、容易なことではありますまい」

富野は言った。

「だが、やらなけりゃならない。じゃないと、せっかく修復しても、また破られるだろうからな」

鬼龍が言った。

「まずは、霊的な浄化装置を調べることですね」

富野は尋ねた。

「それは、どんなものなんだ?」

鬼龍がこたえる。

「いろいろなものが考えられます。代表的なものとして、三種の神器が挙げられますね」

富野は眉をひそめた。

「何だか、すごく畏れ多い話をしていないか?」

「富野さんは、皇室に伝わる三種の神器のことをおっしゃっているのですね。まあ、あれが一番有名なのですが、剣、鏡、勾玉《まがたま》は、ごく一般的に浄化に使用されるんです」

「じゃあさ」

それまでじっと話を聞いていた亜紀が言った。「その三種の神器を探せばいいわけね?」

「しかしな……」

富野は腕組みした。「警視庁は広い。どこから探せばいいか……」

すると、有沢が言った。

「霊能力者が集まっているわけでしょう? 霊視とかで見つからないんですか?」

孝景が、ふんと鼻で笑って言った。

「そんなことができれば、苦労はしねえよ」

「だって、亡者はわかるんだろう？」

「インフルエンザに感染しているやつは、見れば見当がつく。けど、ウイルスがどこにいるかなんて、見てわからねえだろう」

その喩《たと》えが適切なのかどうか富野にはわからなかったが、何となく理解はできる気がした。

有沢はさらに言った。

「じゃあ、どうするんだ？」

「考えるんだよ。浄化装置として働いているのは何なのか」

萩原が言った。

「時間がかかるかもしれませんが、見て歩くしかないかもしれませんな」

富野が言った。

「そんなに時間をかけてはいられないんだがな……」

「ええと……」

有沢が言った。「剣と鏡と勾玉でしたよね。剣ならありますよ」

皆が有沢に注目した。

富野は尋ねた。

「どこに剣なんかがあるんだ？」

「二階の警察参考室ですよ」

富野は「あっ」と声を洩《も》らした。「川路《かわじ》利良《としよし》大警視の刀……」

萩原が尋ねる。

「警察参考室というのは、何です？」

富野はこたえた。

「警視庁創設以来のさまざまな資料を展示している部屋です。本部庁舎見学コースの目玉でもあります」

「そこに剣があるのですね？」

「初代大警視・川路利良の愛刀が展示されています」

「それが、警視庁からなくなっているということはありませんか？」

「そんな話は聞いたことがありませんが……」

孝景が茶化す。

「今の警視庁なら、何が起きても不思議じゃないぜ」

「行ってみればわかる」

富野が立ち上がった。

すると、亜紀も腰を上げた。

「私も行く。見学コースなんでしょう？」

すると、萩原が言った。

「この眼で確かめる必要がありますね」

結局、全員で行くことになった。総勢七名だ。

二階にやってくると、知り合いが目を丸くした。

「なんだよ、富野。見学者の引率か？」

「そんなもんだ」

警察参考室にやってくると、亜紀が「わあ」と溜《た》め息交じりに声を洩らす。

「すごい数だね。あ、制服が並んでる」

富野は言った。

「明治時代からの制服が展示してあるんだ」

「あ、白バイ……。あれ、白くない。黒いバイクだ」

「一九六四年の東京オリンピックの頃に、警護に使われたバイクで……。って、おい、見学に来たわけじゃないぞ」

有沢が言った。

「川路大警視の愛刀は、こっちですよ」

それは、ガラスの向こうに、制服や裃《かみしも》などといっしょに展示されていた。

橘川が言った。

「ちゃんとあるじゃないか」

そこに案内係の制服を着た女性が近づいてきた。ブルーのチェックのベストに紺色のタイトスカートという制服だ。

「あら、見学者の予定は聞いていませんが……」

富野は言った。

「イレギュラーなんだ。ちょっと、質問していいか？」

「はい、もちろん」

「この刀は、本物だよね？」

案内係はきょとんとした顔になった。

「もちろん、本物の川路利良大警視の刀です。元治《げんじ》元年の禁門《きんもん》の変では、この刀を持って出陣しました」

さすがは案内係だ。

萩原はしきりにその大刀を見つめている。

富野は萩原に尋ねた。

「何か感じますか？」

「え……？」

萩原が驚いたように富野を見た。「感じる……？」

「ええ、その、特別な力というか……」

富野は、案内係の女性を気にしつつ尋ねた。

萩原が半ばあきれたように言った。

「禁門の変ですか。歴史を感じますよ」

「いや、そういうことではなく……」

「あなたは、何か感じますか？」

「いえ……」

「トミ氏のあなたが感じないのに、私に感じるわけがありません」

「はあ……」

そのとき、案内係の女性が言った。

「ひととおり、ご案内しましょうか？」

富野は言った。

「ありがたいが、そろそろここを出る予定なんだ」

「わかりました。では、失礼します」

彼女が去ると、富野は鬼龍に尋ねた。

「あんたは、何か感じないのか？」

「萩原宗家がおっしゃったように、歴史を感じますね」

「この刀が浄化装置だとしたら、何かの力が発揮されているはずだろう」

孝景が言う。

「言っただろう。そんなのが見えたら苦労しないって。ただ……」

「ただ、何だ？」

「これは充分に、浄化の役に立つはずだ」

富野は鬼龍に尋ねた。

「そうなのか？」

鬼龍はうなずいた。

「間違いなくこの刀は、警視庁の三種の神器の中の一つですね」

萩原が言った。

「私もそう思います」

橘川が言った。

「するとあとは、鏡と勾玉ってわけだな」

富野はそれにこたえた。

「そういうことになりますね」

「鏡といえば……」

亜紀が言った。「取調室に、マジックミラーって本当にあるの？」

富野はこたえた。

「大きな取調室にはついている。けど、それが三種の神器の一つとは思えないな」

「何か特別な鏡って、ないの？」

「そうだな……。術科道場には大きな鏡があるし、神棚には丸い鏡が置いてあるが……」

孝景が言った。

「神棚？　形式だけだろう。そんなの役に立たねえよ」

富野は顔をしかめた。

「おまえ、身も蓋《ふた》もない言い方をするな」

そのとき、橘川が思案顔で言った。

「鏡で思い出したんだけど……」

「何です？」

「本部庁舎に来るたびに、何でこんなところにあるんだろうって思う鏡があるんだ」

「どこにです？」

「六階の廊下だ。皇居側の突き当たり。皇居に向かって大きな窓があるだろう」

「ああ、廊下の曲がり角のところですね？　そう言えば、たしかに鏡があったな」

萩原が、はっとした表情で富野を見た。

「皇居側に大きな窓ですか？」

「はい。廊下が鋭角に曲がっているところです。展望台のようなスペースになっていて……」

「そこに行ってみましょう」


エレベーターで六階に移動する。見学コースにいる間はよかったが、刑事部のある六階にやってくると、富野が率いる集団は、奇妙な目で見られることになった。

富野は橘川に言った。

「あまり長居はできませんね」

「なに、鏡を一目見るだけだ」

廊下を進んで、皇居側の端にやってくると、萩原が「おお」と声を洩らした。目の前に皇居の緑が広がっている。

「あれ……」

橘川が言った。「鏡はたしか、あそこにあったはずだけど」

窓からそれほど遠くない壁の一部分を指さした。

するとと有沢が言った。

「ああ、自分も覚えています。常に制服をチェックして身だしなみを整えるためだと聞いたことがありますが……」

たしかに、世界各国の軍隊や警察などでは、施設内のいろいろなところに鏡があるらしい。防犯の意味もあるということだ。

すると、孝景が言った。

「いやあ、こんなところで、身だしなみチェックするやつはいないだろう」

それにこたえたのは、橘川だった。

「だからさ。そういう名目でここに鏡を置いていたってことだろう」

孝景が言った。

「でも、ないじゃないか」

鬼龍が言った。

「かつてあったものが、今はなくなっている……。そういうことですね」

「じゃあさ」

亜紀が言った。「三種の神器の一つがなくなったってことでしょう」

孝景が顔をしかめる。

「そうと決まったわけじゃねえよ」

それに対して、萩原が言った。

「いや、この景観……。もしここに鏡があったとしたら、間違いなくそれは浄化装置だったと思います」

「じゃあ……」

孝景が言う。「ここにあった鏡がなくなったから、浄化装置が作用しなくなったってことか？」

鬼龍が言った。

「問題は、どうしてここの鏡がなくなったか、ですね」

富野は言った。

「確かめてみよう。こういうのを管理しているのは、警務部かな、総務部かな……」

橘川が言う。

「警務部は人事が主な仕事だから、総務部の施設課だろう。誰か、知り合いはいないか？」

富野は考えた。

「総務部施設課ですか……。思い当たらないですね」

「あの……」

有沢が言った。「自分の同期がいたと思いますが……」

橘川が目を丸くした。

「えっ？　同期？　若いくせに、出世コースの総務部に？」

その口調は、少しばかりうらやましそうだった。まあ、無理もない。危険と隣り合わせで寝不足続きの刑事よりも事務仕事のほうがずっと楽だろう。

しかし、橘川が言ったように、警務、総務というのは出世コースで、なかなかそこには異動できないのだ。

有沢が言った。

「総務にだって若いやつはいますよ」

富野は時計を見た。

「もうじき、終業時間だ。そいつに会いにいこう」

橘川が鬼龍たちを見て言った。

「また全員で移動するのか？」

富野はこたえた。

「それは避けたいですね。さっきの会議室に戻っていてください。俺と有沢で話を聞いてきます」

有沢と同期の施設課係員は、小山《こやま》という名前だった。なるほど、総務に配属されそうな優等生的な雰囲気の若者だ。

有沢が鏡のことを尋ねると、小山は眉をひそめた。

「六階の鏡……？　何のこと？」

「皇居側の廊下の角に、鏡があったと思うんだけど……」

「ええ？　わからないなあ……」

富野は言った。

「誰か知ってそうな人に話を聞いてくれ」

小山は驚いた様子で富野を見た。

「その鏡がどうかしたんですか？」

「いつの間にかなくなっている。その理由を知りたい」

「はあ……。それ、重要なことですか？」

「重要だから、わざわざこうして訊《き》きに来てるんだ」

「わかりました。少々お待ちください」

小山は席を立った。終業間際なので、迷惑に思っているのだろう。彼は、上司のところに行って事情を説明しているようだった。

上司がやってきて、折田《おりた》と名乗った。彼は係長だった。

「六階の鏡ね、撤去したんだ」

富野は尋ねた。

「理由は？」

「破損したからだよ」

「破損……？」

「割れたんだよ」

「なぜ割れたんです？」

「わからないよ。なに、あんたら。どこの部署？」

「少年事件課です」

「生安？　なんで、鏡のことなんか気にしてるの？　ひょっとして、犯人捜しをやってるの？」

「ええまあ。そんなようなものです」

「なんで、少年事件課が鏡を割った犯人を捜しているわけ？　いや、そもそも誰かが故意に割ったとは、誰も言ってないから……」

「じゃあ、事故なんですか？」

「うーん。そういう場合は、割った者が名乗り出るだろうな」

「名乗り出ていないのですね？　じゃあ、故意に割ったんじゃないですか」

折田係長は顔をしかめた。

「このところ、ただでさえマスコミが騒がしいのにさ。警視庁内の鏡を割ったやつがいるなんて世間に知られたくないだろう」

気持ちはわからないではない。

「鏡が割れたのは、いつのことですか？」

「一ヵ月ほど前だね」

「正確な日付はわかりますか？」

「ちょっと待ってくれ」

彼は自分の席に戻り、パソコンをいじってから戻ってきた。「割れているのが見つかったのは、四月十七日月曜日だね。知らせを受けて、うちの係員が行ってみた。表面にフィルムが張ってあるガラスだったんで、割れただけで破片が飛び散ったりはしなかったんだけどね……」

「知らせてきたのは誰です？」

「たしか、組対部のやつだったな……」

「組対部……？　名前は覚えてますか？」

「桑原だ」

「暴対課の桑原鉄彦ですね」

「ああ、そうだ」

「わかりました。いろいろとありがとうございました」

富野がその場を去ろうとすると、折田係長が呼び止めた。

「何です？」

「犯人捜しをやってるなら、必ず見つけてくれ。警視庁の備品を壊すやつは断じて許せない」

「わかりました」

富野と有沢は、総務部をあとにした。

8

廊下を歩きながら、富野は言った。

「おい、また桑原の名前が出て来たのは、偶然だと思うか?」

有沢が思案顔で言った。

「偶然じゃなければ、何だというんです?」

「あいつは、非違行為をした連中のことを知っていた。受付係と非違行為に及んだ件については目撃したと言っていた」

「ええ……」

「そして、俺たちがプレスクラブに行ったときに、その近くであいつにばったり会ったんだ」

「いやあ、自分は偶然だと思いますよ」

富野は考え込んだ。

警察官は人を疑うのが仕事だ。だから、つい桑原のことも疑ってしまう。

有沢が言ったとおり、ただの偶然かもしれない。

有沢が言った。

「桑原のこと、鬼龍たちに言いますか？」

富野はうなずいた。

「情報は共有すべきだ」


会議室に戻ると、中の五人は盛んに何かを話し合っていた様子だった。

橘川が富野に尋ねた。

「どうだった？」

富野は、施設課の折田係長から聞いた話を伝えた。

すると、萩原が言った。

「結界が破られていたわけですから、何者かが鏡を割ったと考えていいでしょう」

「つまり……」

橘川が言った。「結界と浄化装置の両方を壊したということだな」

「桑原って、八階で会った人だよね？」

亜紀が言った。「別に亡者じゃなかったけど……」

それを聞いた孝景が言った。

「けど、めちゃくちゃ怪しいじゃねえか。亡者だって、位が上がれば正体を隠すくらいのことはするぞ」

橘川が興味ありそうな顔で尋ねた。

「そうなのか？」

「ああ。本物の悪党ほど、善人面してたりするじゃねえか」

橘川がうなずいた。

「商売柄、そういうやつにはたくさんお目にかかるな」

「亡者かどうかはわからないが……」

富野は言った。「非違行為についていろいろ知っていたのは事実だし、八階でばったり俺たちに会ったことも気になる。さらに、鏡が割れていたことを総務部に知らせたのが、あいつなんだ。もう一度、話を聞いてみなけりゃならないだろう」

孝景が言った。

「もし亡者だったら、藪蛇《やぶへび》になるぜ」

橘川が言った。

「それでも話を聞くのが刑事なんだよ」

「あの……」

有沢が言った。「自分ら刑事じゃないんですけど……」

「少年事件課なんて、刑事みたいなもんだろう」

「それは違います」

富野は言った。「刑事の仕事は刑法犯を検挙することでしょう。少年法に則《のっと》って、少年を更生、育成することが、俺たちの仕事です」

「あんた、時折、杓子定規《しゃくしじょうぎ》なことを言うよな。それ、本音なのか?」

「もちろん、本音です」

「任せるよ」

孝景が言った。「話を聞き出すのは得意だろうからな」

「剣が警察参考室で見つかりました」

鬼龍が言った。「鏡は六階の廊下にあったものでした。あとは勾玉《まがたま》ですが……」

そして、彼は萩原の顔を見た。

萩原はうなずいてから腕組みした。

「鏡は、ごく一般的に眼にするものです。剣も、日用品ではありませんが、それほど珍しいものではない。事実、庁舎内で見つかっております。しかし、勾玉となると……」

鬼龍が富野に尋ねた。

「何か、心当たりはありませんか？」

すると、橘川が言った。

「それ、たいていは、警察官が一般人にする質問なんだがな……」

富野は真剣に考えてみた。警視庁内に勾玉が存在するのだろうか。

結局、かぶりを振る。

「いや、まったく思いつかない。勾玉というのは、巴《ともえ》の形をした石だろう」

萩原がこたえた。

「はい。語源は、曲がっている玉だといわれておりますが、その形は、陰陽を表す巴とも、狼の牙を模しているとも、また胎児の形だともいわれております」

「狼の牙か……」

富野は言った。「以前、おまえたちが使ったことがあるな」

すると、孝景がこたえた。

「ああ。呪詛《じゅそ》返しに効くからな」

「じゃあ……」

富野は考えながら言った。「石に限らず、狼の牙のようなものも、勾玉の役割を果たすと考えていいのか？」

「警視庁の中に、狼の牙があるのかよ？」

橘川が言った。

「十一階あたりにあるかもしれないな」

孝景が怪訝《けげん》そうな顔で聞き返す。

「十一階……？」

橘川に代わって、富野がこたえた。

「警視総監室があるんだ。もちろん、冗談だ」

「誰も心当たりがないんでしょう？」

亜紀が言った。「じゃあ、ここであれこれ言っててもしょうがないじゃない」

孝景が肩をすくめる。

「そりゃそうだ」

富野は言った。

「それで、俺たちがいない間、何の話をしていたんだ？」

鬼龍がこたえた。

「結界についてです」

「どんな話だ？」

「結界というと、縄などでぐるりと囲むイメージがありますが、実際は、要所要所を何か霊力のあるもので封じるのが一般的なのです」

「霊力のあるもの……」

「石を使う術者もいますが、もっと一般的なのは水を使うことです」

「水ですか？」

「皆さんよくご存じの例を挙げると、お城のお濠《ほり》ですね」

「お濠は敵襲から城を守るために掘るものでしょう？」

「物理的な防衛のためでもありますが、水を張ることで強固な結界ができるのです」

鬼龍の言葉を引き継ぐように、萩原が話しはじめた。

「お濠のようにぐるりと取り囲まなくても、結界は成立します。その場合、鬼門と裏鬼門を押さえるのが肝腎です」

「鬼門というと、北東ですね？」

「そう。艮《うしとら》の方角です」

「裏鬼門というと、南西ですか？」

「はい。坤《ひつじさる》の方角ですね。警視庁の場合、鬼門の結界は明らかです。皇居のお濠に間違いありません。さらに言えば、桜田門《さくらだもん》が結界の要《かなめ》となっているはずです。皇居が見える窓のそばに鏡が置かれていたことを考えても、それは明らかです」

「なるほど……」

「鬼門と裏鬼門の結界を補強するために、陰と陽、つまり、西と東にも要を置きます。警視庁の場合、陽つまり東の要は、日比谷《ひびや》公園ですね。あそこには二つの池があります。そして陰つまり西の要は国会前の公園にある池でしょう」

国会前庭和式庭園のことだろう。たしかに池があったはずだと、富野は思った。

「では、肝腎の裏鬼門は？」

「さて、問題はそれです。裏鬼門の要が見当たりません」

「見当たらない……」

「はい」

「しかし、破られる前は間違いなく結界があったのでしょう？」

萩原はうなずいた。

「それは間違いありません」

孝景が珍しく真顔で言った。

「鬼門はお濠、東は日比谷公園、西は国会の庭園。こんなにでっかくてはっきりした要があるのに、裏鬼門には何もないなんて、おかしくないか？」

萩原が言った。

「そうなんです。それが謎なんです」

どういうことなのだろう。富野は考えた。そして、考えても無駄だと気づいた。富野にわかるはずがない。

　亜紀が言った。

「じゃあ、謎が二つってわけね。警視庁を浄化していた三種の神器の勾玉はどこにあるか。そして、結界の裏鬼門の要は何なのか。それ、宿題にしない？　私、もう帰らないと、親が帰ってくるから……」

「わかった。今日のところは解散にしよう」

　富野は時計を見た。六時十五分だった。

　孝景が言った。

「今日のところはって……。また集まるってことか？」

「わからん」

　富野は言った。「正直、どうしていいか、俺にはわからないんだ」

　すると、萩原が言った。

「そのために、私が呼ばれたのだと心得ておりますが……」

　富野は萩原に言った。

「本家に結界をお願いしたら、莫大《ばくだい》な金がかかると聞きました。俺たちには、そんな金はありません」

「たしかに、正規のご依頼なら、それなりの費用がかかることになりますが、なに、いずれの世界にも裏というものがありましてな……」

「裏ですか」

「どこぞから、資金を引き出す仕組みを考えてみます」

たしか、孝景が「金を払わせるには、それなりの仕組みってものが大切だ」と言ったことがある。陰陽師本家ともなれば、そういう仕組みをいくつも知っているということだろうか。

「それはありがたい話ですが……」

富野が言うと、萩原がこたえた。

「乗りかかった船ですから。それに、警視庁がまともに機能してくれないと、我々の日常生活が危うくなりますからな」


部屋を出ると、富野は亜紀に言った。

「帰る前にちょっとだけ付き合ってくれないか」

「いいよ。本当にちょっとだけなら」

「プレスクラブで、白河という記者に会ってもらうだけだ」

孝景が言った。

「俺たちはいいのかよ」

「大人数で訪ねていったら、怪しまれるだけだ」

「大人数じゃなくても充分に怪しいと思うけどな」

有沢が、亜紀以外の四人を一階まで送って行った。萩原は帰宅する。鬼龍と孝景はこれからどこに行くのかわからない。橘川は、神田署に戻ると言っていた。

富野は亜紀とともにエレベーターで八階へ上がり、プレスクラブにやってきた。新聞社のブースで白河に会いたいと言った。

「ええと、白河は私ですが……」

怪訝そうな顔で、ブースの出入り口に立ったのは、いかにも今どきといった見かけの若い男だった。年齢はおそらく三十代前半だ。

「富野といいます」

白河は亜紀を見て、さらに不思議そうな顔つきになる。

「あ、彼女のことは気にしないでください」

「はあ……」

「すいません。もう何度も訊《き》かれたと思うんですが、刑事から暴力を振るわれた件で……」

「ああ……。やっぱり、そのことですか」

白河は、ばつが悪そうな顔になった。

富野はその態度を見て、おや、と思った。

反抗的な態度を取るのではないかと思っていたので、意外だったのだ。

富野は言った。

「礼を言いに来たんですよ」

「礼を……？」

「殴ったやつを訴えたりしないでくれたでしょう」

「ええ、まあ……」

「福間は俺の同期なんですよ。だから……」

白河は居心地が悪そうに身じろぎした。

「うちの社と警視庁で話もついていることですし、私はもうなかったことにしようと思っています。だから……」

「ええ。この話はこれきりにします。じゃあ……」

富野は会釈をしてからその場を離れた。エレベーターに乗ると、亜紀に尋ねた。

「どうだった？」

「亡者じゃない」

「じゃあ、福間が殴ったのは、亡者絡みじゃないということだな？」

「そうとも言えない」

「どういうことだ？」

「白河は、亡者じゃないけど、虜《とりこ》だと思う」


一階のゲートで亜紀を見送ると、富野は少年事件課の自席に戻ることにした。

虜か……。

富野は心の中でつぶやいていた。

亜紀が言ったのは普通の虜のことではない。特別な意味がある。亡者の陰の気に強く惹《ひ》かれ、その亡者なしではいられないような状態になった者のことをいうらしい。

亡者と直接コンタクト、つまり有り体に言えば性交をすると亡者にされるが、性交していない場合は虜になるようだ。

有沢はすでに少年事件課に戻っていた。席に着くと、富野は小松川署の田中に電話した。

「その後、どうだ？」

「おう。ちょうど電話しようと思っていたんだ。木戸涼平の目撃情報があった。今、捜査員が急行している」

「目撃情報？」

「村井の証言どおり、新小岩の駅付近に現れたということだ。総武《そうぶ》線に乗ったという情報があるので、捜査員はその足取りを追っている」

「すぐにそっちに行く」

「わかった」

電話を切ると、有沢が尋ねた。

「これからまた、小松川署ですか？」

「そうだ。文句あるか？」

「いえ。なんだか、ほっとするなと思って……」

「ほっとする？」

「現実味があるじゃないですか。仕事をしていると自分を取り戻せます」

「たしかに、結界だ三種の神器だって話じゃ、訳がわからなくなるよなあ……」

有沢の気持ちもわからないではない。だが、結界のことも何とかしなくてはならないと思う。そして、富野にはそのための人脈がある。だから、やるしかないのだ。

小松川署に着いたのは、午後七時十五分頃のことだった。少年事件係にやってくると、田中が言った。

「おう。ごくろうだな。朝、顔を出したきり何の音沙汰もないので、木戸のことを忘れちまったのかと思ったよ」

これは明らかに当てこすりだが、富野は気にしないことにした。本気で言っているわけでないことが、口調や態度でわかるからだ。

「いろいろとやることがあってね」

警視庁の結界を修復しようとしているなんて、絶対に言えない。

「そうだろうな」

「木戸は？」

「まだ見つかっていない」

「総武線に乗ったというのは、間違いないのか？」

「駅の防犯カメラの映像をチェックさせてもらった。たしかに木戸らしい人物が総武線快速上りの改札にある防犯カメラに捉えられていた。だが、電車に乗ったかどうかは確認できていない。木戸はすぐに防犯カメラの死角に入ってしまった」

「係員が足取りを追っていると言ったな？」

「ああ。総武線快速の停車駅で、防犯カメラの映像を入手している。だが、いかんせん、人手が足りていない」

「よその係の人員を借りられないのか？」

「あんただって、所轄にいたことはあるんだろう？　署員がどれくらい多忙かわかっているはずだ。よその部署の仕事に手を出せるほど暇なやつなどいないんだ」

「じゃあ、俺と有沢も聞き込みに出よう」

「おいおい、別にそういう意味で言ったんじゃないよ。あんたらは、ここにいてくれ。本部とは情報を共有したい」

富野は曖昧にうなずいた。田中が本気で言っているのかどうか、今一つよくわからない。

そのとき、電話が鳴り、若い係員が出た。その係員が告げた。

「木戸涼平を発見できませんでした。足取りが途絶えているそうです」

田中が富野を見て、肩をすくめた。

9

係長が、木戸涼平の足取りを追っていた係員たちを呼び戻した。彼らが戻ってきたのは、午後八時過ぎのことだった。

田中が若い捜査員に尋ねた。

「新小岩駅までは足跡がたどれたんだな？」

「はい。どうやら総武線快速に乗ったらしいんですが……」

「防犯カメラの映像は入手できたか？」

「上り方面は、東京駅まですべて手配済みです。今夜中には手に入ると思います」

「新小岩、錦糸町《きんしちょう》、馬喰町《ばくろちょう》、新日本橋《しんにほんばし》、東京、すべての駅ということだな？」

「はい」

「下りは？」

「許可をもらってからと思いまして……」

田中は係長に言った。

「どうします？」

「課長に言って連絡を取ってもらおうか……」

富野は田中に尋ねた。

「どういうことだ？　下り方面の何が問題なんだ？」

「下り方面の新小岩の次は市川《いちかわ》なんだ」

「そうか……」

富野は気づいた。「市川は千葉県だから、千葉県警の縄張りだな」

「そうだ。だから、一応断りを入れないと後で面倒なことになりかねない」

有沢が言った。

「木戸のようなやつは、上り方面に向かうような気がしますがね……」

田中が有沢に尋ねた。

「どうしてだ？」

「夜の遊び場は、上り方面のほうが圧倒的に多いでしょう」

田中が富野に言った。

「どう思う？」

「どうかな……。思い込みはいけないと思うが……」

そのとき、係長が言った。

「そっちの二人は、本部の人だな？」

田中が富野に言った。

「おっと、紹介がまだだったな」

富野は係長席に近づき言った。

「ご挨拶が遅れてすいません。少年事件課の富野です。こっちは有沢」

「久米《くめ》だ。不良同士の喧嘩《けんか》なんて、家裁に送ってしまえばそれでケリがつくと思っていたが、売春だの何だのと、ちょっと込み入ったことになってきた」

「そのようですね」

「木戸涼平と島田凪が見つかれば、何かわかるだろう」

「はい」

「そうだ。本部から千葉県警に連絡してもらったほうが話が早いかもしれないな」

面倒なことを押しつける気だなと思ったが、それを口に出すわけにはいかない。

富野は言った。

「わかりました。すぐに電話してみましょう」

富野は警電を借りて、千葉県警生活安全部少年課に電話をしてみた。当番の係員が出た。

「はい、少年課」

富野は官姓名を告げた。

「警視庁の少年事件課？　何でしょう？」

小松川署で扱っている事案の関係者の足取りを追っており、市川や船橋《ふなばし》といった総武線快速の停車駅で、防犯カメラの映像を入手したいと説明した。

「あー、そういうことなら、市川署とか船橋署に連絡してもらわないと……」

「県警本部から一報入れてもらえませんか？」

「いやあ、そういうの、やってないから」

親切でやる気のある係員なら平気でやってくれる類の事柄だ。こいつは使えないと、富野は思った。

「わかりました。千葉県内で捜査することになるかもしれませんので、それについてはよろしく」

「報告しておきますよ」

富野は形式的に礼を言って電話を切った。それから、市川署、船橋署、習志野《ならしの》署、千葉中央署に電話した。

警察も役所だなと、つくづく思う。署長などが電話をすれば、まったく違った対応になるはずだ。本来はそうすべきなのだ。

警察署への根回しだけで、約三十分を要した。最後の千葉中央署への電話を切ると、富野は久米係長に言った。

「それぞれの駅での捜査はいずれも問題ありません」

「さすがは本部だな。じゃあ、すぐに下り方面の駅の防犯カメラ映像も手配するんだ」

一度戻ってきた捜査員たちが、また出かけて行く。

田中が言った。

「俺も出かける。あんたらは、どうする？」

富野はこたえた。

「明日《あした》の朝、また出直す」

「土曜日だぞ。出勤するのか？」

曜日の感覚がなくなっていた。

「おたくらは、どうするんだ？」

「たぶん、出だな」

「じゃあ、俺たちも来るよ」

田中はうなずいてから外出した。

富野は、久米係長に言った。

「では、我々はこれで失礼します」

「ああ。もし、千葉県警と揉《も》めるようなことがあったら、また頼むよ」

富野は何とこたえていいかわからず、曖昧に「はあ」と言って、その場をあとにした。有沢が無言でついてきた。


田中に言った通り、翌日の朝一番で小松川署にやってきた。有沢とは署で待ち合わせをし、彼は富野より先に来ていた。

後輩は先輩との待ち合わせに遅れてはならない。土曜日だろうが日曜日だろうが、文句は言わせない。

今どき、若手にこういうことをうるさく言うとパワハラだ何だと言われかねないが、警察というのはそういう組織だ。

富野の顔を見るなり、田中が言った。

「木戸が映っている防犯カメラ映像が見つかった」

「徹夜でビデオ解析をやったの？」

「徹夜というわけじゃない。昨夜市川駅から入手したデータから、すぐに発見できたんだ」

「市川……？　木戸は下り列車に乗ったというわけだな」

「ああ。そして市川で降りた」

富野は有沢に言った。

「おまえの読みは外れたな」

有沢は悪びれもせずにこたえた。

「可能性を指摘しただけですから……。別に外れたからって、どうってことないです」

そのとき、久米係長の声が響いた。

「木戸の潜伏先あるいは立ち寄り先を何としても見つけろ。市川駅から聞き込みを始める」

係員たちがそれに応じる。

田中が言った。

「……というわけで、俺たちは出かける。いっしょに来るか？」

富野は「行こう」とこたえた。


係員たちは二人組で市川駅周辺に散っていった。田中、富野、有沢だけが三人組だ。

富野は田中に言った。

「俺たちだって聞き込みくらいはできる。お守《も》りはいらない」

「あんたらのアテンドが、当面俺の仕事だと言っただろう」

「あんたのペアは？」

警察官はたいてい、ペアを組んで仕事をしている。

「うちは係員が奇数でな。俺は係長と組んだりするんだが……」

「なるほど……」

「今回の件、係長が妙に入れ込んでてさ……」

ぼやくように田中が言った。

富野は聞き返した。

「入れ込んでいる？」

「言ってただろう？　売春だの何だのと、ちょっと込み入ったことになってきたって」

「それが何か……？」

「木戸を挙げれば、組織的な管理売春とか何かおいしいものがくっついてくるんじゃないかと期待しているわけだ。つまりさ、係長としてはでかい事案で実績がほしいわけだ」

「やる気になるのは悪いことじゃないだろう」

「そりゃそうだが、真夜中までビデオ解析やったり、土曜日の朝っぱらから聞き込みやるようなヤマかなと、つい思っちまうじゃないか」

富野は黙ってうなずいた。

気持ちはわからないではない。ただ抗争事件を起こして逃走しているというだけなら、それほどの緊急性はない。入手した防犯カメラ映像の解析など、週明けから始めてもよさそうなものだ。

富野は言った。

「島田凪の所在も気になるじゃないか」

「それだよな。係長が正しいのはわかってる。ただの愚痴だ。忘れてくれ」

「その後、島田凪の行方は？」

「わからない。見つかっていないんだ。木戸の立ち寄り先がわかれば、島田凪のこともわかるかもしれない」

富野はうなずいた。


その日は、午後四時過ぎまで、市川駅周辺の聞き込みを行った。新たに街中の防犯カメラの映像も入手した。

「今日はここまでだな」

田中がそう言った。

「署に引きあげるのか？」

「ああ、また防犯カメラの解析をやらなけりゃならない」

「じゃあ俺たちは、ここで失礼するよ」

「何かわかったら、連絡する」

田中はそう言って、市川駅に向かった。

富野と有沢は、駅前のロータリーにいた。有沢が言った。

「これからどうするんです？」

どうやら、もう帰りたがっている様子だ。

富野は言った。

「鬼龍に電話してみる」

「えー。そういうの、月曜日でいいんじゃないですか？」

富野はそれにはこたえず、電話をかけた。呼び出し音三回で出た。

「あれから、どうなった？」

富野が尋ねると、鬼龍はこたえた。

「萩原宗家が、えらく乗り気でしてね。警視庁の結界を張り直すのなら、自分が手がけてもいいと言っていました」

「普通なら億単位なんだろう？」

「まあ、億とはいかないまでも、誰かに金を出させるつもりのようです」

「俺たちは出せないぞ」

「もちろん、そんなことは考えていないはずです。政府の関係者とかで、金を出す連中がいるんじゃないでしょうか」

「まあ、そういうからくりは知らないほうがいいな」

「そうですね」

「それで、三種の神器や結界の謎は解けたのか？」

「まだです。勾玉《まがたま》が何なのか、裏鬼門の要《かなめ》が何なのか、まだわかってはいません。……というか、何か富野さんが気づいたことはありませんか？」

富野は驚いて言った。

「俺にわかるわけないだろう」

「トミ氏じゃないですか」

「俺にはそんな自覚はないんだよ」

「でも、桑原さんのことに、気づいたんですよね」

「誰だっておかしいと思うさ。偶然が重なり過ぎているからな」

「桑原さんの件についても、話し合わなければなりませんね」

「今からみんなに招集をかけるのも手間がかかる。月曜日にしよう」

「みんな、土日のほうが時間が取れるんじゃないですか」

「あんたらは、土日なんて関係ないだろう」

「まあ、そうですが……」

「とにかく、今日は引きあげる。話は月曜日だ」

「わかりました」

富野は電話を切った。

有沢を見ると、ほっとしたような顔をしている。おそらく、富野がこれから鬼龍たちに招集をかけるとでも思っていたのだろう。今日はこのまま帰れるとわかり安堵《あんど》したのだ。

富野は言った。

「明日も、小松川署から呼び出しがあるかもしれないぞ」

「何もないことを祈ってますよ。洗濯物が溜《た》まっているので……」

「俺もそうだ」

　富野は改札に向かった。

　有沢の祈りが通じたのか、日曜日に小松川署からの連絡はなかった。

　久米係長が相当に入れ込んでいるという話だったから、おそらく日曜日も捜査を続けたはずだ。連絡がないということは、その捜査に進展がなかったのだろうと、富野は思った。

　月曜日の朝は、警視庁本部に登庁した。朝一番で、富野と有沢は係長に呼ばれた。

「小松川署のほうはどうだ？」

「木戸の足取りを追っています。市川に立ち寄り先があるようなんですが」

「市川……？　千葉だな」

「ええ。県警本部の少年課には連絡を入れておきました。それと、関係する警察署にも……」

「売春を強要されていたという女性はどうなった？」

「島田凪も行方がわからなくなっているようです。木戸を見つければ、彼女の行方もわかると、小松川署では考えているようです」

「わかった」

　係長から解放されて席に戻ると、富野は有沢に言った。

「鬼龍と話すことになっているんで、その前に小松川署に顔を出してこよう」

「事件に集中したほうがいいんじゃないですか？」

「集中しているよ。ただ、結界のことだって重要じゃないか」

「重要なんですか？」

「このまま、どんどん非違行為が増えて、カイシャがおかしくなったらたいへんじゃないか」

「どうも今一つぴんとこないんですよ。三種の神器とか結界とか……」

「俺だってそうさ。だけどな、とにかくやってみようと思うんだ。それで解決すりゃあ、御の字だろう」

「はあ……」

富野は、田中に電話をして「これから行く」と伝えた。


午前十時頃に、小松川署に到着した。

少年事件係には久米係長と田中しかいなかった。他の係員は捜査に出ているようだ。

富野を見ると、田中が言った。

「市川駅付近の防犯カメラの映像や目撃情報から、木戸が真間《まま》方面に向かったのがわかった」

富野は感心した。

「土日でそれを突きとめたってことか？　たいしたもんだ」

「小松川署をなめてもらっちゃ困るな」

「それで、ママというのは？」

「市川駅から北に向かってしばらく行ったところの地名だ。京成《けいせい》線に市川真間という駅がある」

「どんなところなんだ？」

「住宅街だね」

「盛り場じゃないんだ？　木戸は、何でそんなところに……」

「さあね。捕まえてみりゃわかるだろう。今、係員たちは、そのあたりを虱潰《しらみつぶ》しに調べているはずだ」

「手が足りないなら応援するが……」

「今のところはまだいい」

補足するように、久米係長が言った。

「だからさ、何か揉め事があったら頼むよ」

警視庁本部の者を、苦情処理係のように考えているようだ。まあ、実情としては当たらずといえども遠からずというやつだ。

本部の者は、所轄の係員とは違って調整という役割があるのだ。

富野は久米係長に尋ねた。

「じゃあ、自分らはここで知らせを待てばいいわけですか？」

「本部には何か情報はないのか？」

「木戸に関してですか？　いいえ、ありません」

「管理売春とかの情報は？」

「この地域では、特に聞いていませんね」

「何だ……。本部も当てにならんな……」

「そりゃ、無理ってもんです」

富野は言った。「所轄が知らないことを、我々が知っているはずがありません。所轄から上がってくる情報が頼りですから」

もちろん富野たちが独自に調べることはある。だが、量でいうと所轄からの情報が圧倒的なのだ。

田中の携帯電話が振動した。彼は電話に出ると、「わかった」とだけこたえた。

「真間五丁目のあたりで、木戸の足取りが途絶えているようです」

「真間五丁目……」

久米係長が鸚鵡返《おうむがえし》に言って、机上に広げた地図を見た。市川市の地図のようだ。

田中も地図を覗《のぞ》き込んだ。

「千葉商科大学があるあたりですね……」

富野は言った。

「俺たちも行ってみたほうがよくないか?」

田中がこたえた。

「そうしようか」

するとと、久米係長が言った。

「私も行こう。一人でここで待っているのもばからしい」

「了解しました」

田中がこたえた。あまりありがたがっていないように、富野には聞こえた。

10

市川駅のロータリーから北上する道路をまっすぐに進んだ。田中が言ったとおり、住宅街だった。

十分ほど進んだところで、富野は言った。

「周りに緑が増えてきたな……」

田中がスマートフォンを覗《のぞ》き込みながらこたえる。

「公園や寺があるからな……。左に行くと千葉商科大学だな」

そのとき、背後から声を掛けられた。

「あれ、係長に田中さんですか？」

背広姿の二人組がいた。小松川署少年事件係の係員だ。

「おう、どうだ？」

田中が言うと、二人組の片方がこたえた。

「この辺一帯で聞き込みをやっていますが、目撃情報はないですね」

「防犯カメラは？」

「大学の近くにはあると思うので、今、小宮《こみや》たちが探しに行ってます」

小宮というのは彼らの同僚だろう。

二人組のもう一人が言った。

「向こうのほうに、大きなお屋敷があるんですが……」

田中が尋ねる。

「お屋敷……？」

「ええ。なんか、そうとしか言いようがないんですね。高い塀に囲まれていて、その中は広い庭らしいんですが、木が茂っています。広大な敷地内にある大きな日本家屋なんですが……」

「それがどうかしたのか？」

「何だか怪しいなと思いまして……」

「何がどう怪しいんだ？」

「見るからに怪しいんですよ。まあ、見てくださいよ」

それまで黙って話を聞いていた久米係長が言った。

「行ってみようじゃないか」


係員が言ったように、それは広大な敷地を持つ日本家屋だった。頑丈そうな塀が、ぐるりとその敷地を囲っている。

庭には、木々が並んでいる。塀伝いに歩き、門を見つけた。「酒井《さかい》」という表札があった。

係員が言った。

「ね？　怪しいでしょう」

田中がこたえた。

「うーん。ただの民家かなあ……。たしかに立派な屋敷だ」

久米係長があきれたように言った。

「怪しいって……。何の根拠もないいんだろう？」

係員がこたえる。

「でも、木戸が潜伏するにはうってつけの場所だと思いませんか？」

「そんなこと、わかるものか。このあたりのアパートに知り合いが住んでいて、木戸はそこに転がり込んだのかもしれない」

その係長の言葉を受けて、田中が言った。

「ここの住人がどんな人か、情報がほしいですね」

久米係長が面倒臭そうに言った。

「そんなの、市川署に電話してみればいいだろう。地域課が把握しているはずだ」

田中は、富野を見た。

「金曜日に、市川署に電話したよね？」

「ああ。駅の防犯カメラ映像を入手する旨、伝えた」

「地域課に電話してみてくれない？」

何で俺が、と思ったが、彼らにしてみれば、そのために警視庁本部の人間がいるんじゃないか、ということだ。

富野は電話を取り出して、市川署にかけた。官姓名を名乗り、地域課に訊《き》きたいことがあると言った。

　しばらく待たされて、再び電話がつながった。

「はい。地域課」

「あ、真間五丁目にある民家について、ちょっとうかがいたいのですが……」

「真間……？　何？　警視庁の事案？」

「ええ。非行少年グループ同士の抗争がありまして、その被疑者の一人を追っています」

「……で、真間で何かあったわけ？」

「真間五丁目に、酒井という表札がかかった日本家屋があるんですが……」

「ああ。あれね……」

「酒井さんというのは、どういう方なのですか？」

「わからないんですよ」

「わからない？」

「そう。巡回連絡カードにも記載がないんで……」

「でも、どんな人が住んでいるか、把握しているんじゃないですか？」

「かなり年配の方が住んでおいでなのは知ってますけどね。家族構成とか、まるでわからないんです」

「職業は？」

「不明です」

「そうですか」

「何かあったら、交番に行ってみてください。連絡しておきますから……」

富野は礼を言って電話を切った。相手から聞いた内容を告げると、久米係長が言った。

「え？　地域課が把握していないの？　怠慢なんじゃないのか？」

田中が言った。

「じゃあ、当たって砕けろですね。訪ねてみますか」

それを聞いた久米係長が、にわかに慎重な態度になって言った。

「いや、へたに触ると藪蛇《やぶへび》になる恐れがある。ここは、しばらく様子を見てはどうだ？」

「え……？」

田中が言った。「ただの聞き込みですよ。どうってことないでしょう」

「これだけの屋敷に住んでいるんだ。ただ者ではないだろう。行政と関わりがあるかもしれないし、マルBだという可能性もある」

マルBは暴力団関係者のことだ。

「マルBなら、市川署が知らないはずないでしょう」

「とにかく、慎重にいくんだ」

「じゃあ、どうするんです？」

「張り込みだ」

田中が目を丸くする。

「木戸がここにいるとは限らないんですよ。どこか知人のアパートにでも転がり込んでいるかもしれないと言ったのは係長じゃないですか。今頃、まったく別なところをうろついているかもしれません」

「蓋然性《がいぜんせい》の問題だ」

「蓋然性ですか……」

「そうだ。他に目ぼしい場所はないんだろう。だったら、少しでも可能性のあるこの屋敷を見張ってみるのも手だろう」

田中は助けを求めるように富野を見た。上司がころころと意見を変えるのはやめてほしいと、富野も思った。

「どう思う?」

田中にそう訊《き》かれて、富野は返答に困り、有沢に尋ねた。

「おまえはどう思う?」

「係長がおっしゃることは理にかなっていると思いますよ。ここ、たしかに怪しいですし……」

田中が小さく息をついてから、久米係長に言った。

「わかりました。じゃあ、張り込みをやりましょう」

それから彼は二人の係員に言った。「張り込みとなれば、車があったほうがいい。俺たちが見張っているから、その間に、署から取ってこい」

「了解しました」

二人は駆け足でその場を去っていった。

「さて……」

田中が言った。「俺たちは、ここにいるから、あんたたちは裏口に回ってくれ」

そう言われて富野と有沢はまた、塀伝いに歩きはじめた。

「今でも、こんな武家屋敷みたいな邸宅があるんですね」

塀の中から伸びる松の枝を見上げながら、有沢が言った。「見越しの松」というやつか……。

「武家屋敷だって……？」

「だって、時代劇に出てくるような屋敷じゃないですか」

「たしかにこれだけの敷地があれば、今どきはマンションを建てたりするだろうな……」

「そうですよ。土地建物を相続するのって、たいへんなんでしょう？　三代目には土地がなくなるって言われてるじゃないですか」

「俺は財産なんてないから、そういうことはよく知らない」

だが、有沢が言うように古い住宅街から一戸建てはどんどん減っていき、共同住宅に建て替えられているような気がする。

裏口に着いた。

なるほど、有沢が言うように、まるで時代劇に出てくるような裏木戸だ。

富野は、塀の前にたたずんで、その木戸を眺めていた。このところ、鬼門だの結界だのという話をしているので、こういう屋敷にもあまり違和感がない。

太平洋戦争で、アメリカ軍の爆撃を受けなければ、東京にもこのような屋敷がもっとあったのではないかと思った。

だが、その考えには何の根拠もない。時が経てば町は変わる。それだけのことなのかもしれない。

ならば、警視庁の結界というのは、いったいどういう話なのだ。人々の暮らしや町の様子は変わっていくが、決して変わらないものがあるということか。

たしか、そのようなことを孝景が言っていたような気がする。

富野は有沢に言った。

「おまえが、ここが怪しいと言った気持ちもわからないではない」

有沢が目を瞬いた。

「自分、そんなこと言いましたっけ」

「言った。たぶん、萩原に会ったりしたからだろう」

「ああ……。陰陽師《おんみょうじ》本家なんて、怪しいですよね。そんなこと言ったら、孝景だって鬼龍だって怪しいし……」

「何かそういうものを、おまえはこの屋敷に感じたんじゃないのか」

「そういうものって……」

「何と言ったらいいかな……。日本の伝統の裏側にある怪しいものだ」

有沢は、それにはこたえず、何事か考えている様子だった。


裏口にやってきて三十分ほど経った頃、田中から電話があった。車が到着したという。

「あとは、俺たちでシフトを決めて張り込みをするよ」

「じゃあ、俺と有沢はいったん本部に引きあげる」

「ああ、そうしてくれ」

「この屋敷に木戸がいるといいがな……」

「誰か家から出てきたら、職質をかけるつもりだ」

「わかった」

電話が切れたので、富野は警視庁本部に向かうことにした。時計を見ると、十一時四十分を過ぎている。

市川駅に行く途中で、昼食を済ませることにした。十二時を過ぎると、どの店も混み合うので、その前に入りたい。

いかに効率よく食事ができるかを考えるのは、警察官にとって重要だ。へたをすると食いっぱぐれてしまう。

市川駅のロータリーのあたりまで来ないと飲食店が見つからず、富野と有沢は十二時直前に牛丼店に滑り込んだ。注文を済ませるとたんに店が混みはじめた。ギリギリセーフだった。


午後一時過ぎに、本部に着いた。

席に戻ると、富野は鬼龍に電話をした。

「金曜日の件だが、その後どうだ？」

「どうだって……。話は月曜日だと富野さんがおっしゃるから、誰とも連絡を取っていませんよ」

「じゃあ、勾玉《まがたま》の謎も、結界の謎も解けてないんだな？」

「解けていません」

「また、どこかに集まらなけりゃならないな……」

「警視庁はだめなんですか？」

「あんまり一般人を出入りさせたくないんだ。あんたら、目立つしな……」

「でも、六、七人が集まれて、遠慮せずに話ができるところって、思いつきませんよね」

「夕方までに考えておく」

「高校生がいるので、あんまり遅い時間はだめですよ」

「わかってる。これでも少年事件課なんだ」

「桑原さんのことが気になっているんですが……」

富野はしばらく考え込んだ。

「俺だって気になってるさ。やっぱり、直接話を聞くしかないか……」

「みんな話を聞きたがりますね」

「いや、みんなの前に桑原を引きずり出すわけにはいかない。まずは、俺が話をする」

「もし、桑原さんが亡者か何かだったら、俺たちがいっしょのほうがいいです。富野さんが亡者にされでもしたらたいへんですから……」

「亜紀は、彼が亡者じゃないと言ってたじゃないか」

「孝景が言ったとおり、上位者になると、正体を隠したりしますから……」

「そう言われると、何だか不安になってくるな」

「さすがですね」

「何がだ？」

「普通は、虚勢を張って、根拠もないのに『だいじょうぶだ』なんて言うんです。そして、トラブルに巻き込まれる。正直に『不安だ』と言えるのは、道理がよくわかっていて、なおかつ勇気がある証拠です」

「いや、俺はただ気が弱いだけだ」

「大人数で会うのがまずかったら、俺だけでも同行します」

「あんたが来るとなると、孝景もいっしょなんじゃないのか？」

「そんなことはありません。ただ、態度や言葉づかいは感心できませんが、あいつは頼りになるやつです」

そうなのかもしれないと、富野は思った。

「あいつを連れてくるかどうかは、あんたに任せるよ」

「何時にどこへ行けばいいですか？」

富野はちょっと考えてからこたえた。

「六時に、ホテルグランドアークに来てくれ。四階のラウンジだ」

「半蔵門《はんぞうもん》にあるホテルですね。わかりました」

富野は電話を切った。

有沢は、パソコンに向かって何かやっている。今の電話の内容に、まったく関心を示していない様子だ。自分は関わりたくないと、無言でアピールしているのかもしれない。

富野は言った。

「六時にグランドアーク四階のラウンジだ」

有沢が富野を見た。

「電話の相手は、鬼龍ですか？」

「そうだ。暴対課の桑原から話を聞きたい。彼に連絡して、来るように言ってくれ」

「え……？　普通、桑原さんの都合を訊くのが先じゃないですか？」

「いいから、来るように言ってくれ」

「事件とかあったら、来られませんよ」

「それは、警察官の常識だ。そのときは当然バラしだ」

「自分らだって、いつ小松川署からお呼びがかかるかわからないんですよ」

「だから、そういうときはバラしだと言ってるだろう。いいから、桑原に電話しろよ」

有沢が警電の受話器を取る。

彼の様子からすると、問題はなさそうだった。

電話を切ると、有沢が言った。

「六時にグランドアークに来てくれるそうです。おごれと言われました」

「まあ、しょうがないだろう」

「これ、残業にはなりませんよね」

「ならない。懇親会みたいなもんだ」

有沢は再び、パソコンに向かって何かを始めた。

富野はラウンジで、テーブルを寄せて六人席を作ってもらった。有沢と並んで待っていると、ほどなく桑原がやってきた。

「一杯おごってくれるんだな？」

富野がうなずくと、桑原は富野の向かい側に座った。

「それで、俺を呼び出して、何の話だ？」

テーブルの間が広く取ってあるし、客はまばらだったので、話を聞かれる恐れはなかった。それでも、富野は声を落として言った。

「非違行為のことだ」

桑原が眉をひそめる。

「あんた、監察とか警務とかじゃないよな」

「少年事件課だ」

「何で、非違行為について、そんなに気にしてるんだ？」

「記者の白河を殴ったのは、俺の同期なんだ」

「なるほどな……」

同期という言葉は、警察ではかなり大きな意味を持つ。深い理由がなくてもそれなりの説得力があるのだ。

桑原は、従業員を呼んでビールを注文した。富野と有沢も同じものを頼んだ。

そこに、鬼龍と孝景がやってきた。桑原は再び眉をひそめる。

「この人たち、カイシャの八階で会ったよなあ。何でここにいるんだ？」

富野はこたえた。

「いっしょに話を聞こうと思ってね」

「どういうことだ……?」

「だいじょうぶだ。彼らは事情を知ってるから……」

鬼龍が富野の隣に座り、孝景が桑原の隣に座る。二人は、コーヒーを注文した。

桑原がしかめ面で言った。

「何だか、尋問されるみたいな気分だな」

そのとき、飲み物が運ばれてきたので、富野は言った。

「尋問なんかじゃないよ。乾杯でもするか」

富野がグラスを上げると、桑原が自分のグラスをそれに合わせた。

11

「それで……」

桑原が言った。「何が訊《き》きたいんだ？」

富野は言った。

「あんたは、警務部の係員が受付係と関係したところを目撃している。白河に暴行した福間のことを知っていたし、取調室でキレた捜査員のことも知っていた」

「何だよ……。それがどうかしたのか？」

「それらの非違行為に、あんたが何か関係しているんじゃないかと思ってな」

「俺がどう関係しているって言うんだ？」

「それを訊きたいんだ」

「そりゃ無理だな」

「無理……？」

「ああ。俺は非違行為に関わってなんかいない。だいたい、どうやって関われるって言うんだ」

「俺たちが、プレスクラブに話を聞きにいったとき、あんたとばったり会ったんだ。それも偶然とは思えない」

「偶然だよ。警務部のやつが受付係とヤってたところに出くわしたのも偶然だ。そして、俺が福間のことや、取調室の件を知っていても何の不思議もないだろう。あんたらだって知ってたじゃないか」

「俺はあんたほど詳しくは知らなかった」

「それは俺のせいじゃねえなあ。知ろうと思えばたいていのことはわかるよ」

たしかに当初、富野は非違行為にそれほど関心がなかった。

「偶然が二度も重なれば、警察官は偶然だとは思わない。そうだろう？」

「言いがかりだな」

「そうかな」

「じゃあ、こっちも言わせてもらうが、少年事件課が何だって非違行為のことを調べてるんだ。そして、こうして他人に見当違いな質問をしている。俺はその理由が知りたい」

富野は、鬼龍や孝景の視線を感じていたが、桑原から眼を離さなかった。

「警視庁内は今、普通じゃない」

桑原がふんと鼻で笑った。

「庁内が普通だったことなんてあるのか？」

「少なくとも、これまでは守られて、浄化されていた。その仕組みが破壊された」

桑原が怪訝《けげん》そうな顔になる。

「いったい、何の話をしているんだ？」

富野は、一呼吸置いてから言った。

「俺は警察官だから、遠回しの話など意味がないと思っている。物事は単刀直入がいい」

「俺だってそう思っているさ。それでさ、その守られていたとか、浄化されていたってのは、何の話なんだ？」

「警視庁には大がかりな結界が張られていた。そして、その内部が三種の神器によって浄化されていた」

「結界……？」

桑原は、ぽかんとした顔で富野を見た。「あんた、だいじょうぶか？」

この類の話をしたときの相手の反応は似たり寄ったりだ。だから、この桑原の表情は想定内だった。

富野はかまわずに続けた。

「その結界が破られたらしい。そして、三種の神器も機能しなくなっているようだ」

桑原が鬼龍と孝景を見た。

「ははあ……。あんた、この連中に何か吹き込まれたんだな。こいつらカルトか何かか？　俺を勧誘しようとでも考えているのか？」

孝景が言った。

「カルトじゃねえよ。勧誘もしねえ。何だよ。人がせっかく話を聞きにきてやったのに、そういうこと言うんなら帰るぜ」

桑原が驚いた様子で孝景の顔を見た。彼の反応が意外だったのだろう。

富野は言った。

「結界の話や三種の神器の話は、たしかにその二人から聞いた。そして俺は、冷静に判断してその話が理にかなっていると思った」

「理にかなっているだって？　俺にはそうは思えないがな……」

「鏡が割れているのを、総務部施設課に知らせたのはあんただな」

「そうだけど……」

桑原が眉をひそめる。「まさか、それも三件の非違行為と関係があるなんて言い出すんじゃないだろうな」

「関係あると俺は考えている」

「それこそ、言いがかりだろう。俺の何が気に入らなくてそんなことを言ってるんだ？」

「三種の神器の一つは、その鏡だったんだ。それが割られた。もしかしたら、あんたが割ったんじゃないかと、俺は考えている」

桑原の表情が険しくなる。

「俺が何のために鏡なんか割らなきゃならないんだ」

富野に代わって、鬼龍が説明した。

「三種の神器は三つそろって初めて効果を発揮するのです。鏡を割ることで、三種の神器の浄化作用が機能しなくなります。そうなれば、心霊的に不浄なもの、邪悪なものが浄化されなくなり、警視庁内に淀《よど》みます。我々はそれを『陰の気』と呼んでいますが……。そうなると、警視庁内に亡者が現れます」

「亡者だって……？」

「はい。亡者というのは、簡単に言うと欲望の塊です。理性が吹き飛んでいるのです。特に、性衝動や暴力衝動が抑えられませんし、他人をその衝動に誘い込むこともできるのです」

「あ……」

桑原が気づいたように言った。「性衝動や暴力衝動……。あの三件の非違行為は……」

富野はうなずいて言った。

「亡者が関係していると思う」

桑原は考え込んだ。その様子を見守っていて誰も口をきかなかった。

沈黙を破ったのは孝景だった。

「信じなくてもいいぜ。だいたい、普通の人はこういう話を信じようとしないんだ。世の中の本当の仕組みを知らないからな」

桑原が言った。

「本当の仕組みって、何だよ」

「眼に見えているものだけが現実じゃないってことさ」

「なるほどな……」

富野は、桑原に尋ねた。

「なるほどってのは、どういう意味だ？」

「ずっと不思議に思っていたんだ。六階の鏡を割ることにどんな理由があるのかってな……」

富野は思わず眉をひそめた。

「鏡を割ることにどんな理由があるか……？　つまり、誰が鏡を割ったのか知っているということか？」

　桑原が改めて富野たち三人の顔を見回してから言った。

「まさか俺の他に、物好きにも非違行為について調べているやつがいるとは思わなかったよ」

　富野は言った。

「警務部は調べているだろう」

「自分の仕事でもないのに調べているって意味だ」

「あんたは、なぜ非違行為を調べているんだ」

「俺が調べていたのは、非違行為じゃない。ある人の行動を見張っていたら、非違行為に行き着いたんだ」

「ある人というのは……？」

「それ、言いたくねえんだがなあ……。言わなきゃだめかい？」

「強制はできないが、できれば教えてほしい」

「その代わり、あんたらが知っている話をもっと詳しく教えてくれるか？」

「聞きたけりゃ教える」

　付け加えるように孝景が言った。

「信じるかどうかは、そっちの勝手だけどな」

　桑原が話しだした。

「暴対課に浦賀《うらが》直也《なおや》っていう警部補がいる。俺より六コ上でな。俺とペアを組んでた。それがちょっとヤバいやつで……」

「ヤバい……？」

「たしかにやり手なんだが、野心が強くてな」

「出世したがるやつはいくらでもいる。別にヤバくはないだろう」

「そういう野心じゃないんだ。権力欲というか、大物になりたがるというか……」

「具体的には？」

「暴対課だから、当然マルBと関わりができるよな。すると、浦賀さんは幹部と仲よくしたがるわけだ」

「こう言ってはナンだが、マル暴刑事にはよくあることじゃないのか？」

「昭和の捜査四課時代ならいざ知らず、今じゃそういうの、うるさいんだよ」

「少年事件課だって、情報をもらうために非行少年と付き合うことがある。マル暴なんて、ヤクザに顔を売ってナンボなんじゃないのか。そういうのをやめろとうるさく言うようになって、捜査能力が落ちた気がする」

「俺だってそう思うよ。浦賀さんがヤバいと思いはじめたのは、彼が右翼の大物と付き合うようになってからだ。さすがにそれはやり過ぎだと思った。警察の仕事なんてそっちのけで、その右翼とべったりなんだよ。おかげで、俺にしわ寄せが来るってわけだ」

「それであんたは、その浦賀ってやつの行動を見張っていたんだな」

「まあ、一応ペアだからな。監視すること自体は簡単だったが、訳がわからないことが多かった」

「訳がわからないこと？」

「そう。ある日、夜中にこっそりあとをつけていたら、浦賀さんは突然、廊下の鏡を割ったんだ」

「浦賀が……」

「ああ。何でそんなことをしたのか、まったく理由がわからなかった。今日、その理由について、初めて話が聞けたわけだ」

「三種の神器の話を、信じるってことだな？」

「信じるっていうか……。それ以外の説明を聞いていないんでな。……で、その鏡を壊したせいで非違行為が続けざまに起きたってことなんだろう？」

「ものすごく単純化すると、そういうことになるな」

「それについても、思い当たる節がある。浦賀さんは、鏡を割った次の日に、吉岡っていう女記者といっしょにどこかへ出かけたんだ」

「どこかへ出かけた……？　尾行しなかったのか？」

「まかれたんだよ。だがな、行き先の見当はついている。右翼の大物絡みだと思う」

「福間が言ってた。その吉岡って記者に誘惑されそうになったって……。夜回りをかけられて、理性を失いそうになったそうだ」

孝景が言った。

「間違いない。吉岡は亡者だ」

富野は孝景に言った。

「亡者の吉岡といっしょにどこかへ出かけたということは、浦賀も亡者だということか？」

「そうなんじゃねえの？」

すると、鬼龍が言った。

「それはどうでしょう。吉岡を亡者にするために、どこかに連れていったとも考えられます」

「そんなこと、ここでごちゃごちゃ言ってないで、さっさと吉岡を祓《はら》っちまえばいいじゃないか」

孝景の言葉に、鬼龍がこたえる。

「祓うのは簡単ですが、早く警視庁の結界を修理し、三種の神器を復活させないと、次々と亡者が発生するだけです」

「問題はそこだ」

富野は言った。「勾玉《まがたま》が無事なのかどうかを確認しなければならない。そして、結界の裏鬼門の要が何なのかを突きとめる必要がある」

「あのう、いいですか？」

それまで黙っていた有沢が言った。富野は発言をうながした。

「浦賀さんって人が鏡を割ったってことは、結界を破壊した誰かとつながりがあるってことですよね？」

富野は考えてから言った。

「そうかもしれない」

「もしかしたら、結界を壊したのは、浦賀さんが付き合っているという右翼の大物なんじゃないですか？」

桑原が困惑した表情で言う。

「待てよ。結界や三種の神器を壊した結果、非違行為が起きたりしたわけだろう？　浦賀さんはいったい何を考えているというんだ？」

有沢も困った顔になる。

「さあ、それは……」

孝景が言う。

「誰かが警視庁をめちゃくちゃにしようとしているんだよ。浦賀の行動から考えれば、まあ、有沢が言っている線もあり得るな」

富野は桑原に尋ねた。

「その右翼の大物ってのは……？」

「瑞報会《ずいほうかい》という団体があってな。そこの代表の八志呂松岳《やしろしょうがく》という男だ」

「ヤシロショウガク……？」

桑原は、どういう字を書くのか説明して言葉を続けた。

「俺たちは、瑞報会を行動右翼ではなく、組織右翼に分類している」

「マル暴の専門用語はよくわからない」

「行動右翼ってのは、文字通り街宣活動などを派手にやる団体で、マルBが隠れ蓑《みの》にするのはこっちだ。組織右翼ってのは、どちらかというと理論派が多いな」

「じゃあ、瑞報会は街宣活動などはやらないのか？」

「ところが、そうじゃない。右翼団体は必ず街宣車を持っていると言われているからな。ただ、街宣活動の頻度や規模は小さい。その代わり、講演会や勉強会を盛んに開いている」

「浦賀はその瑞報会と癒着していたということだな」

「……というか、八志呂松岳に取り入ろうとしていたようだ」

「右翼団体の代表をハトにできれば、有力な情報源だ」

ハトというのは、内通者、つまりスパイのことだ。

桑原はかぶりを振った。

「警察のためにやってるとは思えなかったな。浦賀さんは、八志呂松岳の権力のおこぼれに与《あずか》りたいんだ」

「ふん」

孝景が鼻で笑った。「右翼がどんな権力を持ってるっていうんだ」

桑原がこたえる。

「人脈が権力を生むんだよ。政界・財界にいろいろなコネを持っている。大企業の代表者が、講演会やセミナーに参加するという名目で瑞報会に多額の寄付をしたり、会員になったりしている例は少なくないようだ。政府の諮問機関のメンバーにも瑞報会の会員がいるという話を聞いたことがある」

富野は尋ねた。

「それは確かな話なのか？」

桑原は肩をすくめる。

「裏を取ったことはない。噂のレベルだな。だが、八志呂松岳が多方面に発言力を持っていることは事実だろうな」

「その多方面というのは、マルBも含むわけだな？」

「もちろんだ」

　富野がしばらく考えていると、有沢が言った。

「浦賀さんはその八志呂松岳に命じられて警視庁の鏡を割ったってことですよね？」

　富野はこたえた。

「そいつはまだわからない」

　孝景が言う。

「聞いてみりゃいいじゃない。浦賀と八志呂に、直接」

　富野は孝景に言った。

「おまえは単純でいいよな」

「ああそうだよ。世の中、ごちゃごちゃ考えてたって、埒《らち》が明かないんだよ」

「基本的には、俺はその意見に賛成だ。だがな、慎重になることも必要だ。八志呂がどのくらいの力を持っていて、何ができるのか……。そういうことをちゃんと把握していないと、俺たちなんざ、あっという間につぶされちまう」

　有沢が慌てた様子で言った。

「ちょっと待ってください。つぶされるってどういうことですか」

「さあな……。だが、マルBを自在に動かせるやつを相手にしたくはないな」

「どうしてそんなやつと敵対しなきゃならないんですか」

「結界破りをやったやつらにしてみれば、それを修復しようとしている俺たちは邪魔者なんじゃないのか？」

「それが、八志呂松岳だと……」

「まだそうと決まったわけじゃないが、今のところ、その可能性が一番高いんじゃないかと思う」

「右翼が結界や三種の神器のことを知ってるって言うんですか？」

すると、孝景が言った。

「愛国団体や民族派団体をなめちゃいけないよ。中には、ちゃんと本当の仕組みのことを勉強している連中がいる。主に神道に関わる団体だけどね」

有沢がふと気づいたように言った。

「こんなところで、こういう話をしてだいじょうぶでしょうか……」

富野は言った。

「ここはだいじょうぶだ。……と言いたいが、これ以上は控えたほうがいいな」

桑原が言った。

「じゃあ、俺はもう一杯ビールをもらうぞ」

富野の返事を聞く前に、桑原は従業員を呼んでビールを注文した。

富野は桑原に言った。

「引き続き調べてくれるか？」

「言われなくても、浦賀さんのことは調べる」

「瑞報会や八志呂松岳のことも……」

「調べなきゃならねえだろうな」

鬼龍が富野に言った。

「みんなが集まれる場所ですが、どこか思いつきましたか？」

「いや、まだ考えていなかったな」

桑原が尋ねる。

「何の話だ？」

「俺たちは結界を修復したいんだ」

「それはわかった」

「そのために、ここにいる二人のような術者が集まれる拠点が必要だと思ってな。本部に一般人が出入りするのは難しい」

「なら、どこかの所轄を借りたらどうだ？　所轄なら普通に一般人が出入りしてるし、術科の道場を地域の住民に貸しているところもある」

「しかし、いろいろ調べなきゃならないんで、本部からあまり離れた場所だと不便なんじゃないのか」

その質問にこたえたのは鬼龍だった。

「そんなことはありません。もうすでに内部は調べましたし、何も警視庁の近くである必要はないと思います」

富野が考え込んでいると、桑原が言った。

「場所が決まったら、俺にも教えてくれ」

「そうだな。あんたの協力も必要だ」

富野は携帯電話を取り出して席を立った。

ラウンジを出ると、彼は橘川に電話をした。

12

「今、電話、だいじょうぶですか？」

「ああ。ぼちぼち帰ろうかと思っていたところだ。何だ？」

「萩原宗家や鬼龍たちが集まれる場所が必要だと思うんですが……」

「そうかあ……。本当は本部で調査や作業をしたほうがいいんだろうが、そうもいかないよなあ……」

「一般人が簡単に出入りできる場所じゃないですし……」

「集まるたびに入館証を申請するのもホネだしな……。じゃあ、うちを使うか？」

「それを期待して電話したんです」

「面子《メンツ》は七人だよな。俺とあんたと有沢、萩原宗家、鬼龍、孝景、それに亜紀だ」

「もう一人参加します」

「誰だ？」

「暴対課の桑原といいます。ちょっと、進展がありまして」

「わかった。八名だな。どこか部屋を押さえておく。専従班の部屋ということにしておいたほうがいいな。あんたの名前で、何か特命でもやってることにするか……」

「少年事件課じゃ説得力ありませんね」

「じゃあ、暴対課にするか。とにかく、任せてくれ」

「また連絡します」

「わかった」

電話が切れた。


ラウンジに戻ると、富野は言った。

「橘川係長が部屋を用意してくれると言っている」

桑原が聞き返した。

「橘川……？」

「神田署の強行犯係長だ。あんたが特命班を率いていることにするかもしれない」

「何だかわからんが、うちの係長に知られないようにしてくれよ。じゃあ、俺はそろそろ引き揚げる」

彼はビールを飲み干して立ち上がった。

桑原が歩き去ると、孝景が言った。

「あいつが言ったこと、信じるのか？」

富野は言った。

「桑原の話か？　疑う理由はないと思う」

「右翼の大物なんて何だか、いかにもって感じじゃないか。作り話かもしれねえぞ」

有沢が言った。

「え？　さっき、愛国団体や民族派団体をなめちゃいけないと言ったのは、あんたじゃないか」

「話を合わせたんだよ。あいつにしゃべらせるためにな」

富野はしばし考えた。

「作り話かどうか、すぐにわかるだろう」

「どういうことだ？」

富野は孝景の問いにこたえる代わりに、有沢に言った。

「おまえ、浦賀のことを調べておけ」

「え……？」

有沢が目を丸くした。「どうして自分が……」

「おまえしかいないだろう。別に難しいことじゃない。浦賀って警部補が本当に桑原が言っているとおりのやつなのか、ちょっと調べればわかるだろう」

有沢はうんざりした表情で言った。

「なんだか自分ら、監察官になったみたいですね。非違行為のことを調べたり、捜査員の素行を調べたり……」

愚痴の相手をするつもりはなかった。富野は言った。

「さて、じゃあ、お開きにしようか」

翌日の午前九時頃、田中から電話があった。

「木戸の身柄を確保した」

富野は言った。

「いつのことだ？」

「今朝だ。八時頃だな」

「非行少年にしては早起きだな」

「酒井の屋敷から出て来たところを、うちの捜査員が確保した」

「酒井の屋敷から……」

「ああ」

「すぐにそっちに向かう」

富野は係長に報告し、有沢を連れて小松川署に向かった。


「木戸の調べは？」

小松川署に到着すると、富野は田中を見つけて尋ねた。

「今、係員が話を聞いている」

「乱闘の件で、しょっ引いたってことだな？」

「ああそうだ」

「家裁に送ったら、俺たちには手が出せなくなる」

「島田凪の所在だけでも聞き出せないかと、係長は必死だよ」

「……でないと、管理売春が立件できないからな……」

「そういうことだ」

「酒井の屋敷から出てきたって、どういうことだ？」

「それなんだよ。酒井の屋敷を訪ねて話を聞こうとしているんだが、使用人らしい男が出てきて、何も知らないと言うだけなんだ」

「使用人……？」

「そうなんだ。捜査員はまだ、屋敷の住人に会えずにいる。令状がないんで任意だからな……」

「任意でも、警察が話を聞きに行けば、普通の一般人が拒否することはない」

「だから、普通じゃないのかもしれない」

「市川署の地域課の話だと、老人が住んでいるということだな？」

「そうらしい」

「島田凪がその屋敷にいる様子は？」

「わからん。それが知りたいんだが……」

「ガサの令状は取れないのかな」

「現状では無理だ。なにせ、木戸の罪状は傷害罪だ。それは、村井たちの証言で明らかなので、酒井邸にガサをかける理由はない」

「島田凪の行方を捜すという理由ならどうだ？　未成年者略取誘拐の疑いがあるとなれば、ガサ状は下りるだろう」

「略取誘拐だとは誰も言ってないんだ。ただ、行方がわからないだけだ。どこかに隠れているのかもしれないし、遊び歩いているだけなのかもしれない」

「そんな悠長なことを言っている場合か。未成年の娘にどんな危険があるか、知らないわけじゃないだろう」

田中が渋い顔になった。

「わかってるよ、そんなこと」

そこで声を落とした。「係長の腰がすっかり退《ひ》けちまってるんだ」

「実績を欲しがっていたんじゃなかったのか?」

「欲より保身だよ。あの屋敷を見て、びびったんだろう。酒井というのが何者か明らかにならない限り、うかつに手を出せないと考えているんだ」

富野は奥歯を噛《か》みしめた。

「俺が行ってみていいか?」

田中が眉間にしわを刻む。

「行って何とかなるのか?」

「おたくの捜査員を信頼してないわけじゃない。どんな様子か見たいんだ」

田中はちらりと久米係長のほうを見てから言った。

「わかった。ただし、俺もいっしょに行くぞ」

富野はうなずいた。


小松川署を出ると、有沢が小声で言った。

「屋敷に行ってどうするつもりですか？　所轄に任せておけばいいのに……」

「おまえ、島田凪のことが気にならないのか」

「そりゃあ、気になりますが……」

「だったら、行ってみるしかないだろう」

「はあ……」

それきり、有沢は口を開かなかった。

酒井の屋敷にやってくると、門の前に二人の捜査員がいた。田中が彼らに声をかけた。

「どんな様子だ」

「変わりはありません。使用人らしい人物が、何も知らないと繰り返すだけです」

富野は彼に尋ねた。

「島田凪のことは訊《き》いてみたか？」

「島田凪……？」

その捜査員はきょとんとした顔になった。「いいえ。訊きたいのは、木戸がどうしてこの屋敷にいたか、ということですから……」

「俺が話を聞いてみていいか？」

捜査員は一瞬、むっとした顔をしたが、田中を一瞥《いちべつ》してからこたえた。

「ええ、どうぞ」

その捜査員が場所を空けたので、富野は進み出てインターホンのボタンを押した。

しばらくして返事がある。

「はい、どちら様でしょう」

「何度もすいません。警視庁ですが……」

「お待ちください」

しばらくすると、玄関の引き戸の音が聞こえ、白髪頭の男が現れた。背筋がぴんと伸びており、どこかホテルマンのような雰囲気があった。

彼が、田中たちが言った「使用人」だろう。黒っぽいズボンに白いシャツ。その上に黒いベストを着ている。

ホテルマンというより、執事か……。

こうして出てくることが意外だった。インターホン越しの話になると覚悟していたのだ。

「質問にはもう何度もおこたえいたしました」

その男の言葉に、富野はできるだけ丁寧に言った。

「私は、小松川署ではなく警視庁本部から参りました。申し訳ありませんが、改めて質問させてください」

「どこからいらっしゃったとしても、それはそちらのご都合でしょう」

「おっしゃるとおりです。警察というのは、どうにも融通の利かないものでして……。木戸という少年が、こちらのお宅から出てきたということですが、木戸とこちらのご関係は？」

「私どもは、木戸などという人物は存じません」

「でも、彼がここから出てきたことは間違いないんです。捜査員がそこを取り押さえたので……」

「不確かなことを申し上げるわけにはいかないとは存じますが……」

「何です？」

「忍び込んでいたのではないですか？」

「忍び込んでいた……？　木戸涼平がですか？」

「ええ。何でも木戸というのは、素行がよろしくないのだそうですね。塀を乗り越えて、忍び込んでいたのかもしれません」

「何のために……？」

「さあ。それは、木戸という人物にお訊きになればよろしいかと……」

たしかに、木戸に確かめればいい。きっと木戸は否定するだろう。この使用人も、それは百も承知なのだ。

のらりくらりと、質問をかわすことだけを考えているのだ。

「そうですか。木戸のことはご存じない」

「はい」

「では、島田凪はどうです？」

「シマダ・ナギですか？　いいえ、存じません」

「こちらにお住まいの方々も、ご存じありませんかね？」

「知りません」

「どなたかにお話をうかがえませんか？」

「どなたか……？」

「このお屋敷にお住まいの方に……」

「ここにおるのは、当主一人だけです」

「お一人でお住まいということですか？」

「はい」

「ご家族は？」

「おりません。私と私の妻がお世話をしております」

「ご当主のお名前は？」

「酒井忠士郎《ただじろう》と申します」

「どのような字でしょう？」

使用人がこたえ、それを有沢がメモした。

富野は尋ねた。

「それで、あなたのお名前は？」

「私は名乗るほどの者ではありません。酒井にお仕えする者です」

「警察としては、氏名をうかがっておきたいのですが……」

「ただの使用人です。では、失礼します」

彼は踵《きびす》を返し、歩き去った。

富野は、その後ろ姿を無言で見つめていた。

「……で、次はどうする？」

田中が富野に尋ねた。

「市川署の地域課に行ってみる」

田中が眉をひそめる。

「酒井邸のことは、よく知らないと言っていたんだろう？」

「記録はなくても、誰かが何かを知っているかもしれない」

「希望的観測だな」

「捜査なんてそんなもんだろう」

「しょうがない。付き合うよ」

富野は、少しばかり驚いた。

「俺たちに付き合うって？　物好きだな」

「手がかりがほしいのさ。俺だって、早く島田凪を見つけたいんだ」

富野、田中、有沢の三人は、市川署に向かった。

市川署は、真間からはかなりの距離がある。ＪＲの最寄り駅は、市川の隣の本八幡《もとやわた》だ。三人はタクシーに乗ることにした。

十分ほどで到着し、受付で官姓名を告げると、富野は言った。

「地域課の人に、聞きたいことがあるんだが……」

「え？　警視庁？　いったい何の用です？」

「それは、すでに告げてある」

「待ってください」

彼は警電を使って内線にかけたようだ。やがて、彼は受話器を置いて言った。

「直接、地域課に行ってください」

富野は礼を言ってから、受付を離れた。

地域課にやってくると、若い係員が応対した。

「受付から連絡がありました。警視庁ですって？」

「そう。こちらの田中は小松川署の少年事件係、俺とこの有沢は、本部の少年事件課だ」

「それで、どんなご用件ですか？」

「真間五丁目に住んでいる、酒井という人物について知りたいんだ」

「ああ……。あのお屋敷の住人ですね？」

「知っているのか？」

「屋敷は知っています。しかし、酒井さんがどんな人物かは、よく知りません」

「巡回連絡カードにも記載がないそうだな？」

「ええ、そうです」

「昨日、こちらに電話したんだが、何かあれば、交番に聞いてみてくれと、電話に出た人が言っていた」

「ああ、そうですか」

地域課は交代制だから、昨日の昼間働いていた班は、今日はおそらく夜勤だ。警視庁なら四交代だが、千葉県警は三交代だろう。

「真間五丁目を担当している交番は？」

「真間交番ですね」

「署内に誰か、酒井邸のことについて詳しい人はいない？」

「うーん。いないと思いますが……」

「地域課なのに……？」

「あそこの屋敷は特別なんですよ。誰も触ろうとしないんです」

「触る」というのは、対象の人物と接触するという意味だ。

「どういうふうに特別なんだろう」

「うちの課長とかでも、話題にしたがらないですね」

「マルB関係？」

「いや、それなら刑事組対課の誰かが詳しく知っているはずです」

「マル暴関係の人たちも知らないということか？」

「ええ、誰も知りません」

「そりゃ、どう考えても妙だな」

「妙だけど、実際にそうなんです」

「だったら、交番を訪ねても無駄かもしれないな」

「どうでしょう。現場の者なら、何か見聞きしているかもしれません。近所の噂とか……」

「わかった。これから訪ねてみることにしよう。場所を教えてくれるか」

係員から詳しい所在地を聞き、富野は礼を言ってその場を離れた。廊下に出ると、電話が振動した。

鬼龍からだった。

「どうした？」

「萩原宗家から電話がありました」

「それで？」

「勾玉《まがたま》が何かわかったかもしれないと……」

「何だったんだ？」

「それはみんなに会ったときに説明すると……」

「今は動けない。午後四時に、神田署に来てくれ。橘川が部屋を押さえてくれているはずだ」

「わかりました。孝景や亜紀にも連絡しておきます」

「頼む」

富野は電話を切ると、田中に言った。

「とにかく、真間交番に行ってみよう」

三人は、市川署をあとにした。

13

「警視庁が、何やってるんですか？」

真間交番には地域課係員が二人おり、一人は巡査部長、一人は巡査だった。巡査部長が、富野にそう尋ねた。

「荒川の河川敷で乱闘騒ぎが起きた件でね。逃走していた被疑者が酒井って人の屋敷から出てきたところを確保したんだが……」

「酒井……？　ああ、五丁目の大邸宅ですね」

「交番ならあの屋敷について詳しい人がいるんじゃないかと思って……」

「何が知りたいんです？」

「住人の家族構成とか……」

巡査部長は、三十代半ばで、巡査のほうは、二十代前半だ。

巡査部長がこたえる。

「あそこは一人暮らしのはずですよ」

「当主が一人で暮らしているということだね？」

「そうです」

「使用人がいるはずだけど、屋敷に住んでいるんじゃないのかな」

「ああ、住み込みの夫婦がいるようですね。ご主人のほうは家の管理をしていて、奥さんが家政婦をやっているらしいです」

「その使用人というのは、白髪で、すごく姿勢のいい老人だよね？」

「ああ、そうですね。本職もその人に会ったことがあります」

「当主には会ったことはないの？」

「ないですね。交番の者は、誰も会ったことないと思います。なあ？」

巡査部長は巡査に同意を求めた。巡査がこたえた。

「はい。自分もご当主には会ったことないです」

「ハコ長は？」

「今、本署に行っておりますが、ハコ長より我々のほうが現場はよく知っていますよ」

「まあ、そうだろうな……。それで、その使用人の身元は……？」

「いやあ、そこまでは……」

「把握していないのか？」

「あそこは、巡回連絡カードにも記入してもらっていませんし……」

「当主の名前は、酒井忠士郎で間違いないね？」

「はい。それは間違いありません」

富野は礼を言って交番を離れた。

田中が言った。

「交番も当てにならないな」

「そうでもないさ」

「どういうことだ？」

「もう一度、酒井邸を訪ねてみよう」

「え……？　何のために……」

「ちょっと、確認したいことがある」

田中と有沢が顔を見合わせた。富野はかまわず歩き出してから言った。

「おい、有沢。酒井邸はどっちだっけ？」

有沢が、スマートフォンの地図アプリを見て言った。

「こっちです」


先ほどと同じく二人の捜査員が門の前にいた。

「あれ……？　またですか？」

そう言われて富野はこたえた。

「用があれば、何度でも来るさ」

インターホンを押すと、落ち着いた声で返事がある。

「はい、どなたでしょう？」

「先ほどうかがった、警視庁の富野です。もう一度、お話をうかがえませんか？」

「お待ちください」

しばらく待っていると、また白髪の姿勢のいい使用人が現れた。彼は格子戸の向こうから言った。

「ご用件は？」

「その前に、確認させていただきたいのですが……」

「何をですか？」

「あなた、使用人じゃなくて、ご当主の酒井忠士郎さんですね？」

相手の表情は変わらない。

むしろ、田中や有沢のほうが驚いている。

しばらく沈黙が続いた。

富野は、相手が何か言うまで待つことにした。

やがて、彼は言った。

「ご明察です。おっしゃるとおり、私が酒井です」

田中や有沢は再び驚きの声を洩《も》らした。

「では、改めて質問させていただきます。戸を開けてもらえますか？」

酒井はしばらく富野を見つめていた。その眼に感情は見て取れない。

眼をそらすと彼は、解錠して門の格子戸を開けた。しかし、同じ場所に立ったままだ。つまり、富野たちを門の中に招き入れる気はないということだ。

富野は質問した。

「ご当主は、木戸涼平という少年をご存じですか？」

「先ほどもこたえたはずだ。知らん」

使用人の振りをしていたときとは口調が変わっていた。

「木戸には会ったこともないと……？」

酒井は再び、富野をしげしげと見つめた。何事か考えているのだ。

「私の正体を見破った褒美に、一つだけ教えてやろう。私は木戸を知っている。昨日は、この屋敷におった」

「どういう関係ですか？　木戸はここで何をしていたのですか？」

「教えてやるのは一つだけだと言った」

「私たちは、島田凪という少女を捜しています。心当たりはありませんか？」

「質問にこたえるのは一度だけだ」

「木戸が昨日、この屋敷にいたとおっしゃいましたね？　島田凪もいっしょだったんじゃないですか？」

「もう質問にはこたえない」

「家捜しさせてもらえませんか？」

「令状を持ってくるんだな。そうなれば断れない」

酒井は格子戸を閉めて、鍵を掛けた。

そして、踵《きびす》を返した。

ここまでか。富野がそう思ったとき、酒井が足を止めて振り向いた。

「富野といったな？」

「はい」

「トミ氏か……」

「え……？」

「君のことは覚えておこう」

酒井はくるりと背を向けると歩き去った。

「どうしてあいつが酒井忠士郎だとわかったんだ？」

田中は、その質問がしたくて、富野と酒井の会話が終わるのを今か今かと待っていた様子だった。

富野はこたえた。

「交番の係員が、使用人にしか会ったことがないなんて、不自然じゃないか」

「不自然？　そうか？」

「地域課だって仕事をしてるんだよ。その誰もが当主を知らず、使用人にしか会ったことがないなんて、やっぱり妙だ。それで、俺は考えた。もしかしたら、酒井なんていないんじゃないかって……」

「いない……」

「だが、それも不自然だ。主人がいない屋敷で、使用人が働いているはずがない。じゃあ、考えられることは一つだ。交番の連中は、当主に会っているが、そうと気づいていない……」

「当主が使用人になりすましているってことか……。しかし、何のために……」

「来客の本音が聞けるからじゃないか。それと、おそらく安全保障だ」

「安全保障……」

「周囲に自分が使用人だと思わせておけば、狙われることはない」

「狙われる……？」

「それくらい用心をしているってことだ」

すると、有沢が言った。

「ただ面白がってるだけじゃないんですかね」

富野は言った。

「まあ、その線もあり得るな」

「いやあ、しかし、驚いたな……」

田中が言う。「それで、これからどうする？」

「署に戻ろう。昼飯のあとに、木戸に会ってみたい」

「了解だ。戻ろう」


午後に、取調室で木戸涼平と会った。

木戸は、スチールデスクの向こうから、富野をちらちらと見ている。そっぽを向いていたいのだろうが、富野のことが気になる様子だ。

隣に田中が座っている。記録席に有沢がいた。

「警視庁少年事件課の富野だ。ちょっと話をしよう」

木戸は何も言わない。富野はかまわずに続けた。

「あんた、グループのリーダーなんだって？　グループは六、七人だと聞いたが……」

やはり木戸は黙ったままだ。

富野はさらに言った。

「最近、急に伸《の》してきたらしいな。何がきっかけだ？」

木戸がようやく口を開く。

「別にきっかけなんてねえよ」

「今、酒井の屋敷に行ってきた。ご当主にお目にかかって、あんたのことを尋ねたんだ」

木戸はそっぽを向いたまま言う。

「それで……？」

相手の質問にこたえることはない。どちらが質問する立場か、ちゃんと理解してもらう必要がある。

「あんた、酒井忠士郎さんとはどういう関係なんだ？」

木戸はうんざりした顔で言った。

「俺は何で捕まったんだ？　荒川でちょっと暴れたからじゃねえのか？　酒井のじいさんなんて関係ねえだろう」

「関係ないかもしれないし、関係あるかもしれない。警察ってのは、そういうのを知りたがるんだよ」

「河原で暴れたことは認めてんだよ。もういいだろう？」

「島田凪はどこにいる」

とたんに木戸はしかめ面になって口を閉ざした。

「何だよ。都合が悪くなると黙っちまうのか？　島田凪を知ってるんだな？」

「こたえたくねえな」

「なぜだ？　彼女のことをしゃべると、何かまずいことでもあるのか？」

「とにかく、しゃべりたくねえんだよ」

「村井がな、あんたが島田凪に売春をやらせていたんだと言っている」

「村井って誰だよ」

「荒川の河川敷で喧嘩《けんか》した相手だよ。名前も知らないのか？」

「そいつが何言ったか知らねえけど、でたらめだよ」

「そうは思えないな。でたらめなら、村井があんなにキレるはずはない」

木戸は、眼をそらした。だが、その眼が泳いでいる。彼は動揺しているのだ。

「勘違いしてるんだろう」

「勘違い？　村井が何か勘違いしているってことか？」

「ああ……」

「何をどう勘違いしてるんだ？」

「知らねえよ」

少年たちは、言いたくないことをよく「知らない」と言う。

「島田凪に売春を強要したことはないと言うんだな？」

「ねえよ、売春なんて……」

木戸は苛立《いらだ》っている様子だ。

「島田凪がどこにいるか、あんた、知らないか？」

「知らねえ……」

また眼が泳いだ。嘘をついている。彼は島田凪の居場所を知っているのだ。

「もしかして、酒井さんの屋敷にいるんじゃないのか？」

「知らねえって言ってるだろう。俺は、何にも知らねえ」

富野は田中を見た。

田中は肩をすくめた。富野は取り調べを終えて廊下に出た。


「ずいぶんとあっさりしてるな」

田中が富野に言った。「本部の取り調べってのは、あんなもんか？」

「なんか違和感がある。あんた、そう思わないか？」

「違和感……？」

「ああ。木戸はこのあたりを束ねている大物なんだろう？」

「村井はそう言っていたな」

「その割には、大物感がないんだ」

「大物感か……」

「非行少年にだって格ってもんがある。それによって、支配する人数も変わってくる。大人数を束ねるとなれば、それなりの貫禄《かんろく》があるもんだ。だが、木戸にはそれが感じられない」

「木戸のグループはせいぜい六、七人だって村井が言ってた。その程度のグループの頭目なら、貫禄もないだろうよ」

「もともとのグループは六、七人でも、勢力を拡大して、多くのグループを傘下に収めたんだ。今や、地域のトップなんだろう？　だが、会って話してみるとそんな感じがしない」

「まあ、たしかに言われてみればそうかもしれない。それがどうかしたのか？」

「ちょっと気になっただけだ。こちらが質問すると、面白いほど動揺した。気持ちの動きが手に取るようにわかった」

「だが、肝腎なことは何も言わない」

「でも、わかりやすかった」

「酒井のことか？」

「ああ。それと、島田凪のことだ」

「知らないと言っていたな」

「だが、知っている」

田中がうなずいた。

「そうだな。俺もそう思う。木戸は酒井のことも島田凪のことも隠し通すつもりなんだろう」

「恐れているんだ」

「恐れている？　何を？」

「わからない」

「普通に考えれば、酒井のじいさんだよな」

「そう。普通に考えればな」

「さて、木戸も言っていたが、荒川河川敷での乱闘については本人も認めているんで、このまま家裁送りになるだろうが、それでいいな？」

「ああ」

富野は言った。「島田凪の件はどうする？」

「係長の腰が退けちまったからなあ……。でも、放っておくわけにはいかない。引き続き、捜査するよ。まず島田凪を見つけないことにはなあ……」

「酒井の屋敷を捜索するための許可状は取れないのか？」

「そいつも係長次第だが、オフダ取る気はなさそうだな。いずれにしろ、売春の事実を証明する何かが出てこないことには……」

「そうか」

「まあ、地元で地道に聞き込みをやってみるよ」

「わかった。俺たちはこれから行くところがある。何かあったらまた、連絡をくれ」

「了解だ」


富野と有沢は小松川署を出て、神田署に向かった。

電車で移動中に、ぼんやりと景色を眺めながら、富野は考えていた。

木戸は売春への関与を否定していた。単なる言い逃れと考えることもできるが、そうではないという印象を受けた。

木戸は本当に、島田凪に売春をやらせたりはしていないのかもしれない。だとしたら、村井はどうしてそう思い込んだのだろう。

そして、木戸と酒井老人とは、いったいどういう関係なのだろう。

木戸が島田凪を知っていることは確かだ。話を聞いてそれがわかった。木戸が島田凪に売春の強要などしていないとなると、二人はどういう関係なのだろう。

酒井老人は、島田凪のことを知っているのだろうか。

決して大物には見えない木戸が、急に力を発揮して地域を牛耳ることができたのは、なぜなのだろう。

考えれば考えるほどわからなくなってきた。単なる乱闘事件だったはずが、売春という要素が加わり、複雑になった。そして、酒井忠士郎の存在が謎を深めていた。

14

「こんな部屋しか用意できなかったが……」

神田署の橘川係長が言った。

富野と有沢が案内されたのは、どこの警察署にもある小会議室で、物置のような有様だった。

奥には段ボール箱が積まれ、誰の物ともわからない柔道着が壁に掛けてある。これも、どこの警察署でもよく見られる光景だった。

富野は言った。

「いやいや、上等ですよ。とにかく集まれる場所があればいいんです」

橘川係長が言う。

「まずは片づけからだな」

手前の段ボール箱を奥に移動させれば、それなりの恰好《かっこう》がついた。テーブルも椅子もある。八人が集まるのに何の問題もない。

橘川係長が言った。

「一応、警電が引いてある。必要なものがあればそろえさせるが……」

「いや、本当に特命をやるわけじゃないんです。部屋があるだけで御の字です」

「ホワイトボードのマーカーを持ってこよう」

橘川係長が部屋を出ていった。

有沢が言った。

「本当に物置ですね」

「そう思うなら、もっと片づけたらどうだ？」

有沢は黙って片づけを始めた。使えるスペースがさらに広くなっていく。

橘川係長が戻ってきた。

「まず、第一陣だ」

橘川係長に続いて、鬼龍、孝景、萩原宗家の三人が入室してくる。

富野は萩原宗家に言った。

「こんな部屋ですいません」

橘川係長が言う。

「おまえが言うなよ」

萩原宗家がこたえた。

「そんなことはいっこうにかまいません。とにかく、早くお話ししたい」

「もちろん、一刻も早くうかがいたいのですが、それは全員集まってからのほうがいいと思います」

孝景が言った。

「あとは、亜紀だけか？」

富野はこたえた。

「桑原も来るはずだ」

それから五分後に、亜紀が制服を着た係員に案内されてやってきた。

「わ、何この部屋」

富野が言った。

「橘川係長が用意してくれた俺たち専用の部屋だ」

「汗臭いなあ。何だか部活の部屋みたい」

まったく気にしていなかったが、言われてみるとかなり汗臭いかもしれない。壁にぶらさがっている柔道着のせいだろうか。

まあ、警察署はどこでもこんな臭いがしている。特に刑事組対課あたりに行くと、捜査で徹夜し何日も風呂に入っていない連中がごろごろしている。

富野はすっかり慣れっこになっているが、外から来た人は気になるかもしれない。

橘川係長が言った。

「ああ、柔道着を片づけて、消臭剤でも置くことにするよ」

最後にやってきたのが桑原だった。

「取りあえず、話を聞きにきたぞ」

橘川係長が、官姓名を告げてから言った。

「あんた、マル暴だな。あんたの特命班がここを使っていることにする」

「わかりました。ただし、そんなことがうちの係長の耳に入ると、めちゃくちゃ面倒なんですが

「……」

「その点は注意するよ」

皆は適当にパイプ椅子に座り、テーブルを囲んだ。

富野が萩原宗家に言った。

「では、さっそくうかがいましょう。勾玉《まがたま》が何だったか、わかったそうですね」

「わかりました」

「何だったのですか？」

「まず、これを見てください」

萩原宗家が、紙を取り出した。A4判の用紙に航空写真のようなものがプリントされている。おそらく地図アプリだろう。

一同はその紙を覗《のぞ》き込んだ。警視庁が写っているのが見て取れる。

富野が皆を代表して尋ねた。

「これが何か……」

「これだよ。これが勾玉だったんだ」

「これ……？　何のことでしょう」

「警視庁を真上から見て、はっと気づいたんだ。これこそが勾玉だって」

「警視庁を真上から見て……」

「ほら、この部分が玉で、ここが尻尾《しっぽ》だ」

萩原宗家が玉と言ったのは、本部庁舎で、尻尾と言ったのが、警察総合庁舎の部分だ。たしかに、一つ巴《ともえ》に見えなくはない。

「いや、しかし、勾玉がこんなにでかいなんて……」

「大小は関係ない。つまり、こういうものはシンボルだからね」

鬼龍が言った。

「庁舎そのものが勾玉だったということですね」

萩原宗家がうなずく。

「そうだ。だから、勾玉は損なわれてはいない。つまりだ。三種の神器のうち、破壊されたのは鏡だけということになるな」

「だったら……」

有沢が言った。「鏡を付け替えれば、三種の神器が復活するんですね」

すると、孝景が言った。

「そう簡単な話じゃねえんだよ」

有沢が聞き返す。

「簡単じゃないって？」

「装置を働かせるには、それなりの術者の力が必要だ。エンジンをかけるには、まずセルモーターやキックスターターで回してやらなきゃならないだろう。それと同じことさ」

「それなりの術者って……？」

有沢はそう言いながら、萩原宗家を見た。

「あ、私ら陰陽師《おんみょうじ》は、そういうの、やりません」

萩原宗家が言った。「それ、古神道の術者の役割ですから……」

富野がつぶやいた。

「古神道……。この中にはいないな。じゃあその術者を探してこなけりゃならないってことですか？」

そのとき、亜紀が言った。

「あら、三種の神器の起動なら私たちだってできるわよ」

萩原宗家が亜紀を見て、はっと気づいたように言った。

「そうでした。あなた、元妙道でしたね。元妙道はもともと台密《たいみつ》……。古神道とは系統が違いますが、たしかにその手の法力をお持ちのはず」

「でもね」

亜紀が言う。「結界が張ってあるのが前提。結界の中でないと、三種の神器を起動させることはできない」

富野は萩原宗家に尋ねた。

「裏鬼門の秘密はまだわかりませんか」

「わかりません。裏鬼門以外は水に囲まれているのですが……。水による結界という前提が間違っているのかもしれないとさえ思いはじめました」

しばし沈黙があった。一同が考え込んでしまったのだ。しかし、萩原宗家にわからないことは、他の誰にもわからないだろうと、富野は思った。

「ええと……」

そのとき、桑原が言った。「何だかよくわからないんだが、つまり鏡を割ったことが、警視庁内の非違行為につながったってことで、間違いないんだな？」

富野は言った。

「そう言えば、萩原宗家は初めてでしたね。組対課の桑原です。彼の先輩が鏡を割ったり、記者の吉岡真喜をどこかに連れていったりしたんだそうです」

すると、亜紀が言った。

「え？　そんな話、私も聞いてないけど」

富野は言った。

「俺たちも昨日聞いたばかりだ。当初は、桑原が鏡を割ったんじゃないかと疑っていたんだがな……」

萩原宗家が怪訝《けげん》そうな顔をして言った。

「先輩とおっしゃいましたか？　その方も警察官ということですね？」

富野は「そうです」とこたえた。

「警察の方が、三種の神器を破壊したということですか？　訳のわからない話ですな」

「その警察官は、反社なんかと癒着することがしばしばあるんだそうです。今、つるんでる相手は何と言ったかな……」

桑原がこたえた。

「瑞報会の八志呂松岳だ」

萩原宗家が言った。

「八志呂か……」

富野は尋ねた。

「ご存じですか？」

「知っています。しかし……」

「しかし？」

「ただのチンピラです」

「桑原の先輩は、大物だと思って近づいているようですが……」

「顔が広くて、多少はったりが利くだけです。反社会的勢力と付き合いがあるので、世間では怖がられているようですが、三種の神器や結界をどうこうできるようなやつとは思えない」

「そういう知識はないということですか？」

「知識はあるかもしれませんが、能力がない。三種の神器を操ったり、結界を破ったりする霊力はまったくないでしょう」

「いや、でも……」

桑原が言った。「彼が鏡を割ったりする理由は、八志呂松岳以外には考えられないんだが……」

「先ほども申しましたように、八志呂は顔が広い。つまり、八志呂の背後に何者かがいるということではないですか？」

桑原がうめくように言った。

「八志呂松岳の背後に……。何だか絶望的な話になってきたな」

富野が尋ねた。

「どうして絶望的なんだ？」

「だってそうだろう。萩原宗家はチンピラだとおっしゃったが、俺たちから見れば、間違いなく大物だ。その後ろに、さらにでかい何かがいるってことだろう？」

するると、孝景が言った。

「別に難しい話じゃないだろう。八志呂松岳をとっ捕まえて訊《き》けばいいじゃないか。警視庁の結界を破ったのは誰ですかって」

橘川係長が言った。

「本気で言っているのか。八志呂は俺も知ってるが、やつが簡単にこたえるはずがない」

孝景が言う。

「もちろん本気だよ。みんな物事を複雑に考え過ぎるんだよ。怯《おび》えたり、忖度《そんたく》したり、深読みしたり……。知りたいことがあれば、知っていそうな人に訊けばいいんだ」

富野は言った。

「以前も言ったが、俺は基本的にはその考えに賛成だ。だが、戦略も必要なんだよ」

孝景が聞き返す。

「何の戦略だよ」

「いきなり警視庁の結界のこととか、鏡のことを訊きにいったら、たちまち警戒されてしまうだろう。今はまだ、結界や三種の神器について知っている俺たちのことを、向こうは知らない。今のうちに、向こうの陣営を知っておくべきだ」

「だからさ」

孝景がうんざりしたように言う。「それを知るためにも、本人から話を聞かなきゃならないんじゃないか」

「だから、それが無謀だと言ってるんだよ」

橘川係長が言う。「八志呂はかなり物騒な連中を動かすことができる。のこのこ話をしにいって機嫌を損ねたら、おまえ、消されちゃうぞ」

「ふん」

孝景がこたえる。「やれるもんなら、やってみればいい」

「ねえ……」

亜紀がじれた様子で言った。「桑原さんの先輩って、何ていう人？　別にここで名前を隠す必要ないでしょう？」

桑原がこたえた。

「浦賀直也だ。俺の六コ上の警部補だ」

亜紀が桑原に尋ねた。

「その浦賀って人が、女性記者の吉岡を、どこかに連れていったって言ったわよね？」

「ああ、そうだ」

「それって、いつのこと？」

「そうだな……。一ヵ月ほど前のことかな……」

「鏡を割る前？　それとも後？」

「割った後だ」

富野は補足した。

「総務部施設課によると、鏡が割れているのが見つかったのが、四月十七日・月曜日だったそうだ」

桑原がうなずいた。

「そうだった。浦賀さんが鏡を割ったのは、当直の日曜日だった。そして、吉岡を警視庁から連れだしたのは、その翌日だ。つまり、十七日・月曜日だ」

孝景が言う。

「吉岡ってのは、亡者だぜ」

亜紀が言った。

「わかってる。問題は、いつ亡者になったかなのよ」

どういうことだろう。富野は思った。他の連中も同じような疑問を抱いているのだろう。怪訝そうな顔で亜紀を見つめている。

鬼龍が言った。

「鏡が割れる四月十六日までは、三種の神器の浄化作用で、亡者は活動できません。だから、先に浄化装置を壊しておいて、吉岡さんを亡者にしたということでしょうか……」

富野は言った。

「俺たちも、浦賀が八志呂のところに連れていって、吉岡真喜を亡者にしたんじゃないかと考えていた」

亜紀がうなずく。

「たぶん、その線だね。じゃあ、浦賀も亡者ってこと?」

孝景が言う。

「それか、八志呂ってやつがやったんじゃねえの？」

亜紀が孝景に聞き返した。

「八志呂って、亡者なの？　じゃなきゃ、誰かを亡者にすることなんてできないよ」

富野は萩原宗家に尋ねた。

「どうなんでしょう？」

「いやあ。あいつはたしかに欲望の塊ですがね、亡者ではないと思いますよ」

「確かですか？」

「間違いないですね。人間のクズですが、亡者じゃありません」

「では、吉岡真喜を亡者にしたのは、誰なのでしょう……」

「だからさ」

孝景が言った。「亜紀が言ったとおり、浦賀が亡者なんじゃないの？」

亜紀が言った。

「会ってみればわかるよ」

富野は桑原に尋ねた。

「何とか、亜紀が会う方法はないかな？」

桑原がきょとんとして聞き返す。

「この子が浦賀と会うと、どうなるんだ？」

「亜紀は元妙道という教団の術者だと言っただろう。彼女が見れば、亡者かどうかすぐにわかるんだ」

「正直言って、皆が何を言っているのか、今一つ理解できずにいるんだが……」

するると、それまで黙っていた有沢が言った。

「あ、それ、自分もいっしょですから」

桑原が安心したように言う。

「亡者っていうのは、ナニか？　伝染病の感染者みたいなものなのか？」

孝景がうなずく。

「その喩《たと》えがわかりやすいと思う。亡者と接触することで、人は亡者にされる。接触するっていうのは、まあひかえめな言い方で、たいていはセックスだ」

「セックス……」

桑原が遠慮がちに亜紀のほうを見た。

孝景が話を続ける。

「あ、気にしなくていいよ。元妙道の亜紀は、セックスの専門家だから」

「え……？」

「もともとは、玄旨帰命壇という教団だったんだけどね。これは、萩原宗家が言っていたように、台密から派生した集団だ。教義がセックスなんだよ。性交して快感を得ることが即身成仏への道だという教えだ。江戸時代に弾圧されて消滅したといわれているけど、消滅なんかしていない。生き延びた教団は元妙道と名前を変え、先鋭化した」

「先鋭化……？　どういうふうに？」

「即身成仏どころじゃない。セックスすることで、法力を得るようになった。もっとも、能力者は限られているらしいがね」

桑原が亜紀をしげしげと見て言った。

「それで、この子がその能力者なわけか？」

「そういうこと」

「誰とでもやるわけじゃないよ」

亜紀が言った。「適合者とやらないと、法力は発揮できないからね」

桑原は有沢を見て言った。

「……で、おまえさんはどうやってこういう話と折り合いをつけているんだ？」

「折り合いなんてついてないです。ペア長についていくだけです」

桑原が言った。

「亡者と、非違行為の関わりを、もう少し詳しく知りたい」

富野は鬼龍に任せることにした。

鬼龍は富野の視線を受けて話しはじめた。

「亡者については、もうおわかりですね」

「ああ、欲望の塊なんだろう？　理性がぶっ飛んでいるんだよな」

「はい。先ほど孝景が言ったように、亡者は多くの場合、性交することで、相手を亡者にします」

「そこまではわかる」

「亡者になると、近くにいる人の欲望を刺激するのです。それで、亡者に惹《ひ》き付けられていきます。

その状態を『虜《とりこ》』と呼んでいます。今回、吉岡真喜の同僚の白河が虜になっていました」

「あ、捜査一課の福間が殴ったやつだな」

「福間さんも虜になりかけていました。あの暴力沙汰は、虜になった白河さんが、嫉妬に駆られて福間さんに絡んだことが原因で起きたのです」

「警務部の古藤《ことう》と受付係はどうなんだ？」

「その二人のどちらかが亡者だったと思います。おそらく、どこかで吉岡真喜と接していると思います」

「セックスで感染するんだろう？　だったら亡者だったのは男の古藤だろう」

「そうとは限りません。この場合のセックスは、異性間の性交とは限らないのです」

桑原はうなった。

孝景が言った。

「その二人は、雑魚《ざこ》だ。庁内で、次々と亡者や虜を増やしているのは、吉岡真喜だ。こいつを祓《はら》わなきゃならない」

それを受けて亜紀が言う。

「そして、彼女を亡者にしたらしい浦賀って人。その人が亡者だったら、その人も祓わなきゃ」

桑原が尋ねた。

「祓えば元に戻るのか？」

「ケースバイケース」

亜紀がこたえた。「陰の気にどれくらいやられているかによる。軽症なら、祓えば何事もなかったように元に戻る。でも重症なら抜け殻になることも……」

「抜け殻……」

桑原が不安そうにつぶやいた。

「そう」

亜紀が言う。「魂の抜け殻」

「とにかく」

富野は言った。「亜紀が浦賀さんに会えるような手筈《てはず》を考えてくれ」

桑原は、不安そうな表情のまま「わかった」とだけ言った。

15

鬼龍と孝景が、萩原宗家を送っていった。亜紀は一人で帰った。

富野は、有沢や桑原と連れだって神田署を出た。

有沢が言った。

「本部に戻ったら、ちょうど終業時刻の頃ですね」

富野は言った。

「直帰したいところだが、一度戻ったほうがいいだろうな」

「俺も戻るよ」

桑原が言った。「終業時刻なんて、俺たちにゃ関係ない」

富野は尋ねた。

「浦賀は本部にいるだろうか」

「どうかな……。たいていは、八志呂の事務所に入り浸っているから……」

「ペアなんだろう？　いっしょに行かなくていいのか？」

「連れてってくれないんだよ。浦賀さんは、一人で行くんだ」

「自分だけおいしい思いをしたいということか」

「情報源は身内にも会わせたくない。自分で独自の情報源を作れ。そう言われた」

「もっともらしい話だ。だけど、それでおとなしくしていたわけじゃないんだな？」

「ああ。浦賀さんを尾行した。よくない噂が絶えなかったしな」

「本部に戻ったら、茶でも飲みながら、相談しないか？」

「相談？」

「ああ。亜紀を浦賀にどうやって会わせるかっていう相談だ。方策を考えてくれって言ったが、あんたに丸投げじゃ悪い」

「普通に、浦賀さんのところに連れていきゃあいいんじゃないか。見れば、わかるんだろう？　亡者とやらかそうでないのか……」

「それだと不自然だろう」

「不自然だろうが、そうでなかろうが、関係ないだろう」

「そうはいかない。俺たちが画策していることを気づかれるかもしれない。そうすると、八志呂やその裏にいる人物が動きだしかねない」

「考え過ぎじゃないか？」

「経験から言うんだが、こういうことは、考え過ぎなくらいでちょうどいいんだ」

　桑原は肩をすくめた。

「わかったよ」

警視庁本部庁舎に戻った富野は、いったん桑原と別れ、少年事件課に戻った。雑務を片づけ、有沢とともに机を離れたのは、午後六時頃だった。

桑原が廊下で待っていた。三人は、飲み物の自販機の前で立ち話を始めた。いかにも世間話をしているように見えるはずだと、富野は思った。

「こういうのはどうだ？」

富野は言った。

桑原が言った。「あんたらが補導した非行少女が、半グレの情報を持っていると……」

「俺たちは、非行少女とはいわない。女性でも非行少年というんだ」

「わかりやすく言ったんだよ」

「その非行少年は亜紀のことだな？」

「そうだ。そうすれば、浦賀さんも興味を持つだろう」

「しかし、亜紀は半グレの情報なんて持ってないぞ。すぐにボロが出る」

「そのネタは、俺が仕入れておくよ」

富野は有沢に尋ねた。

「おまえ、どう思う？」

「いいんじゃないですか。他にアイディアがあるんなら別だけど……」

富野は桑原に言った。

「じゃあ、その線で行くか。……で、いつやるんだ？」

「善は急げだ。明日《あした》はどうだ？」

「おい、有沢。亜紀に連絡しておけ」

「え？　自分がですか？」

「余計なことを言わず、わかりましたと言えばいいんだ」

「わかりました。それで、時間は？」

富野は桑原の顔を見た。

桑原が言った。

「彼女の学校が終わってからがいいだろう。五時でどうだ？」

「訊《き》いてみよう」

有沢が連絡すると、亜紀は了承したという。

富野は、桑原に言った。

「じゃあ、明日五時に……」

「ああ。暴対課に来てくれ」

桑原はそう言うとその場から立ち去ろうとした。

「いや」

富野が言った。「会う場所は、庁舎内じゃないほうがいい」

桑原が足を止め、怪訝《けげん》そうな顔で言った。

「なんでだ？」

「亡者だとわかったら、その場で祓《はら》ってしまいたい」

「祓うって、どうやるんだ？」

「鬼龍は、いかにもお祓いって感じだが、孝景のやり方はかなり手荒い」

「手荒い……？」

「ああ」

「祓うと抜け殻になることがあるって、亜紀って子が言ってたな」

「そうだな。そういうこともある」

「浦賀さんはだいじょうぶだろうな」

「わからない」

「わからないって……」

桑原は少々むっとした顔をした。富野は言った。

「だが、このまま放っておいてもいいことは何もない」

桑原はしばらく無言で考え込んでいたが、やがて言った。

「じゃあ、場所が決まったら連絡をくれ」

桑原が歩き去ると、富野は亜紀に電話した。

「なあに？　明日の五時のことなら、さっき聞いたよ」

「場所を決めてなかった。鬼龍と孝景が待ち伏せしている場所に、浦賀を連れていきたい」

「私とそこで会うってことね？」

「そうだ。亡者とわかったら、その場で鬼龍たちに祓ってもらう。適当な場所はないか？」

「うちの近くの神社、覚えてる？」

「ああ。覚えている」

「あそこがいいんじゃない？」

「そうだな。じゃあ、あの神社に五時だ」

「わかった。じゃあね」

電話が切れた。

有沢が言った。

「結局、富野さんが電話するんじゃないですか。だったら、自分がする必要はなかったのに……」

「連絡はまめに取るもんだ。桑原に知らせておけ。亜紀の自宅の近くにある、例の神社に五時だ」


翌日、富野は小松川署の田中からの知らせを待っていたが連絡はなかった。島田凪はまだ見つかっていないようだ。

木戸涼平は、すでに家裁に送られたはずだ。そうなると、もう警察の手は及ばない。

まるでカリスマ性のない木戸が、どうして地域の不良たちの頂点に立てたのか。なぜ、酒井忠士郎の屋敷にいたのか。島田凪とはどういう関係なのか。

そうした謎は解かれないままだ。

家裁から検察に逆送でもされれば、取り調べを再開できるが、そんなことは万に一つもありそうにない。

よほどの凶悪事件でない限り、逆送などされないのだ。

午後三時に、桑原から電話があった。

「予定どおりでいいな？」

「ああ。浦賀は来るんだろうな」

「だいじょうぶだ。任せろ」

「それで、半グレのネタは？」

桑原の声がやや低くなった。

「錦糸町あたりで、怪しい動きがある。東欧系のホステスを使っている店なんだが、人身売買に関わっていると言っているやつがいる。それに関与しているのが、あのあたりを根城にしている半グレのグループらしい」

「人身売買だって？　ごついネタじゃないか」

「ガセかもしれない。まあ、信憑性《しんぴょうせい》は半々てところか」

「それで、亜紀はどう絡むんだ？」

「外国人ホステスの中には、未成年者もいる。その中に、亜紀さんの友達がいて、彼女はそこから情報を得たということにすればいい」

「わかった」

「ちゃんと口裏を合わせておいてくれ」

「了解だ」

電話が切れると、富野はすぐに亜紀にかけた。

「学校は終わったか？」

「今、帰りだよ」

「話せるか？」

「だいじょうぶだよ」

富野は、桑原から聞いた話を伝えた。

話し終わると、亜紀が言った。

「そんな設定、必要ないんじゃない？」

「どうしてだ？」

「亡者だってわかったとたんに、鬼龍さんたちが祓うんでしょう？」

「亡者じゃなかったら、面倒なことになるだろう」

「そっか。じゃあ、私の友達の名前は何にする？」

「東欧系の店だっていうからな……。ヤーナってのはどうだ？」

「ナターシャとかじゃないの？」

「それはロシア人の名前だ。それにナターシャというのは愛称で、正式にはナターリヤだ」

「へえ。じゃあ、そのヤーナでいいよ。その子が東欧から売られてきたって設定だね？」

「そういうことだな」

「それに半グレが絡んでいる、と……」

「そうだ」

「了解。じゃあ、神社に五時ね」

「待て。おまえは俺たちが補導したということになっている。だから、いっしょに行かないとまずい。自宅にいてくれ。迎えに行く」

「わかった。じゃあね」

電話が切れた。

富野は有沢に指示した。

「おい、車を一台用意しておけ」

「え……？　今からですか？」

「そうだ」

「そういうの、事前に申し込んでおかないと、生安総務課とか総務部がうるさいんですよ」

「なんとかしろ」

有沢は、しかめ面で警電の受話器に手を伸ばした。


捜査車両はさすがに無理で、無線も赤色灯もサイレンもついていない、一般車が割り当てられた。

有沢がハンドルを握り、世田谷区下馬に向かったのは、午後四時過ぎだった。

鬼龍とはすでに連絡を取っており、彼らは神社に潜んでいることになっている。

有沢が言った。

「うまくいきますかね……」

「さあな」

「浦賀さんが亡者だとして、祓って終わりじゃないですよね」

「もちろんだ。八志呂のバックに何者かがいるのだとしたら、それを調べなければならない」

「もし、亡者じゃなかったら、自分らはかなり怪しまれますね」

「そのために、錦糸町の半グレの話を仕入れたんだ」

「そうなんですが……」

有沢は心配そうだ。富野だって不安がないわけではない。だが、あれこれ考えていても仕方がない。亡者のことは鬼龍たちに任せるしかないのだ。

午後四時四十分頃、世田谷区下馬の亜紀の自宅に到着した。一戸建ての家を訪ねると、亜紀がすぐに顔を出した。

富野は尋ねた。

「ご両親は？」

「まだ仕事。帰ってくるまでに片づけたいな」

「じゃあ、出かけようか」

「え？　まだ早いんじゃない？」

「こういう場合は、早めに行って周囲の状況を確かめるんだよ」

「へえ」

三人は車に乗り込み、龍雲寺《りゅううんじ》通りに出る。世田谷観音の次の信号を右折して、しばらく行くと、こんもりとした森に覆われた丘が見えてきた。そこに神社がある。

「路上駐車はしたくないなあ……」

有沢が独り言をつぶやく。

富野は言った。

「こういう場合は、すぐに車を出せるように、路上に駐車しておくんだよ」

三人は車を降りて神社への階段を上った。まだ日が落ちるまでには間があるが、木々が生い茂っている境内は薄暗かった。

拝殿の近くまで来て、富野が言った。

「桑原たちはまだのようだな」

すると、木々の陰から鬼龍と孝景が姿を見せた。それぞれ、別の場所に潜んでいたようだ。

孝景が言った。

「……んで？　どういう段取り？」

富野はこたえた。

「亜紀が亡者だと認めたら、すぐに祓ってもらう」

「そんだけ？」

「祓った後に、浦賀から話を聞きたい」

「そいつはどうかなあ……。抜け殻になっちまったら、話なんて聞けないぜ」

「そうならないことを祈るだけだ」

すると、鬼龍が言った。

「ぼちぼち五時になります。隠れたほうがいいでしょう」

富野がうなずくと、彼らは二手に分かれて森の中に消えた。

午後五時を過ぎて、ますます暗くなった。境内に富野たち以外に人はいない。

五時五分頃、鳥居のほうから二人の人影が近づいてきた。桑原と浦賀に間違いない。

彼らは、富野たちから二メートルほどの間隔をあけて立ち止まった。

人影の片方が言った。

「少年事件課の富野ってのは、あんたかい？」

「そうです。浦賀さんですね」

「ああ。補導した不良ってのは、その娘か？」

「はい」

浦賀は、しげしげと亜紀を観察している様子だった。やがて彼は、少し近づいてきた。桑原もそれに従った。

「……で、どんなネタなんだ？」

亜紀が言った。

「亡者だけど、低級だね」

富野は驚いた。てっきり亜紀が打ち合わせをした半グレの話をするものと思っていたのだ。

浦賀が言った。

「何だ？　何を言ってるんだ？」

それから彼は、桑原を見て言った。「どうなってるんだ、おい。俺はおいしい話が聞けるっていうから、わざわざこんなところまで足を運んだんだぞ」

桑原は富野を見て言った。

「その子、東欧人のホステスと知り合いなんだよな？」

亜紀が大きな声で言った。

「二人とも、出番よ。早くやってよ」

まず孝景が現れた。

浦賀がその姿を見て言った。

「何だこいつは」

そして、いつの間にか鬼龍が立っていた。黒ずくめなので、暗がりでその姿が見えにくい。

孝景が言った。

「外道め。祓ってやるからおとなしくしろ」

亡者のことを、孝景ら奥州勢は「外道」と呼ぶことがあるのだ。

浦賀が桑原に言う。

「もしかして、こいつらが半グレなのか?」

孝景がむっとした様子で言った。

「てめえ、なめんなよ」

ずかずかと浦賀に近づいていく。

突然のことで、浦賀はどうしていいかわからない体で立ち尽くしている。

その腹に、孝景は右の正拳を打ち込んだ。

「あっ」と声を上げたのは桑原だった。孝景の祓い方を知らなかったのだから無理もない。

その瞬間、孝景が打ち込んだところがまばゆく光った。

だが、その光は術者にしか見えない。浦賀や桑原、そして有沢には見えていないはずだ。

浦賀はよろよろと後退して踏みとどまる。

「てめえ、何しやがる……」

孝景が言った。

「何だ……。思ったより手強《てごわ》いな」

その間、鬼龍は何事かつぶやいている。

「ふるべゆらゆらとふるべ。ふるべゆらゆらとふるべ……」

大きな声ではないのだが、奇妙なことにはっきりと響いてくる。すると、浦賀の表情が変わった。苦悶《くもん》の形相だ。

孝景が言った。

「弱ってきたな。とどめだ」

彼は、再び浦賀に正拳を見舞う。再び、孝景と浦賀が光に包まれる。

二人は身動きを止めた。時が止まったように、周囲にいる者たちも身動きをしない。ただ、鬼龍の声だけが響く。

「ふるべゆらゆらとふるべ……」

やがて、浦賀が地面に崩れ落ちた。

それを見て最初に声を発したのは桑原だった。

「浦賀さん、だいじょうぶですか？」

彼は膝をついて、地面に倒れている浦賀の様子を見た。

孝景が言った。

「気を失っているだけだ」

桑原が孝景に尋ねる。

「魂の抜け殻とかにならないだろうな？」

「どうだろうな。俺の術は強力だからな」

するとと、亜紀が言った。

「だいじょうぶだと思うよ。それほど陰の気に心を侵食されていなかったから」

そのとき、社務所のほうから声がした。

「どうかしましたか?」

見ると、老齢の神職の姿があった。白装束に空色の袴《はかま》姿だ。

亜紀がこたえた。

「あ、だいじょうぶです。知り合いが酔っ払っちゃって……」

「境内を汚さないでくださいよ」

「はい」

富野は桑原に言った。

「取りあえず、車に運ぼう」

浦賀の体を持ち上げ、その両腕を桑原と有沢が肩に担いだ。

16

ぐったりしている人間の体は重く、階段を下りるのに、富野と鬼龍も手を貸さなければならなかった。

ようやく路上に停めていた車の後部座席に浦賀を押し込み、富野は息をついた。

孝景が言った。

「じゃあ、俺は帰るぞ」

富野は言った。

「浦賀の話を聞かないのか？」

「任せるよ」

「おい、アフターケアも必要だろう」

「アフターケア？」

「浦賀がちゃんと意識を取り戻すまで付いているべきじゃないか」

「だいじょうぶだよ。じきに目を覚ますさ」

すると、鬼龍が言った。

「僕が残りましょう」

亜紀が言った。

「じゃあ、私も」

「いや」

富野は言った。「じきにご両親が帰宅されるだろう。おまえは帰ったほうがいい」

「平気だよ」

「あとは俺たちに任せろ」

「聞き出したことを教えてくれる?」

「もちろんだ」

「わかった。じゃあ、帰るよ」

孝景と亜紀が連れだって立ち去った。

桑原が言った。

「病院に運ばなくてだいじょうぶか?」

富野は鬼龍に尋ねた。

「どうなんだ?」

「心配いりません。陰の気を祓《はら》った衝撃で気を失っているだけですから」

「じゃあ、神田署の例の部屋に運ぶか」

富野は言った。「窮屈だが、後ろに三人乗ろう」

後部座席の中央に浦賀を乗せ、右側に桑原、左側に富野が乗った。被疑者の身柄を運ぶときのようだと富野は思った。

有沢がハンドルを握り、鬼龍は助手席だ。

車が走りだすとほどなく、浦賀が意識を取り戻した。

「ん……？　ここはどこだ？」

桑原がこたえた。

「車の中です」

「俺は眠っていたのか……。なんで、車に乗ってるんだ……」

「覚えてないんですか？」

「覚えてないって、何をだ……？」

桑原が浦賀越しに富野の顔を見た。富野は言った。

「亡者でいる間の記憶は曖昧なことが多いようだ」

補足するように鬼龍が言う。

「祓った瞬間のことを覚えていない人のほうが多いんです」

「おい……」

浦賀が戸惑ったような口調で言う。「いったい何の話をしているんだ？」

富野が言った。

「浦賀さんは、精神的にちょっと危ない状態だったんですよ」

「精神的に危ない状態……？」

「ええ。簡単に言うと、暗示をかけられたというか、一種の洗脳かもしれません」

「洗脳だと？　そんな覚えはないぞ」

「ここ一ヵ月くらいのことを、ちゃんと覚えていますか？」

「当たり前だろう。何の支障もなく……」

そう言ってから、浦賀はさらに戸惑ったように眉間にしわを刻んだ。「普通に出勤して仕事をしていたんだ……」

その口調は不安気だった。きっと記憶がはっきりとしないのだろう。こういう場合、人間はひどく不安になる。

富野が言った。

「暗示というか洗脳というか、それが浦賀さんに大きなストレスを与え、そのために意識を失ってしまったんです」

「意識を失った？　眠っていたんじゃないのか？」

「まあ、眠っていたようなものですが、おそらく脳が危険を感じて、シャットダウンしたんでしょうね」

「ところで、あんた、誰だ？」

「あ、それも覚えていませんか？　少年事件課の富野といいます」

「なんで少年事件課が……」

そこまで言って浦賀は言葉を呑《の》んだ。

訳がわからなくて、混乱してしまったのだろう。

富野はさらに言った。

「しばらく休んでいてください。これから神田署に行って、ちょっとお話をうかがうことになります」

　浦賀は何も言わなかった。


「何だ？」

　富野たちを見て、橘川が言った。「来る予定はなかったと思うが……」

　富野は言った。

「浦賀さんだ」

「あ……。強行犯係、橘川だ」

　浦賀は無言でうなずく。訳がわからない状態がずっと続いているらしく、彼はもはや茫然《ぼうぜん》としている。

　桑原たちが浦賀を例の部屋に連れていくと、富野は橘川に言った。

「亡者だった。鬼龍と孝景が祓った」

「あ、やっぱり……」

「これから話を聞く」

「ちょっと待ってくれ。俺もすぐに行くから」

「わかった」

「あの部屋、『特命室』と呼ぶことにしたけど。いいな？」

「特命室か。意味不明だけどそれらしくて、いいじゃないか」

テーブルに向かって座った浦賀は、相変わらずぼんやりとしている。

その隣にいる桑原は、苦虫を嚙《か》みつぶしたような顔だ。亡者とか、それを祓うとかいうことが、彼の理解を超えているのだろうと、富野は思った。

だが、それを気づかっている余裕はない。

橘川がやってきたので、富野は浦賀への質問を始めた。

「気を失う前のことは、やはり覚えてませんか？」

「覚えてないな。俺はどこでどうやって気を失ったんだ？」

「神社の境内で、話をしているうちに……」

「なんで、あんなところで話を……」

「俺が補導した少女から、半グレについての情報を聞き出そうとしていたんです」

「だから、何で神社だったんだ？」

「人気《ひとけ》のないところがよかった。そして、その少女の自宅は、あの神社の近くなんです」

「自宅……？　補導したんだから、少年院とか鑑別所に入れるんじゃないのか？」

「家裁の判断でそうなることもありますが、多くは身柄は拘束されません」

「まあ、そんなことはどうでもいい。……で、その少女はどうした？」

「自宅に帰しました」

「半グレのネタは？」

その質問にこたえたのは、桑原だった。

「聞き出しました。錦糸町あたりの話らしいです。何でも人身売買に関係しているかもしれないということです」

「人身売買……。なんだか、やっかいな話になってきたな……」

富野は質問を続けることにした。

「あなたはずいぶんやり手だという話ですね」

「いやあ、人並みだよ。もっとも、最近ではその人並みの警察官も少なくなりつつあるような気がする」

「大物ともお付き合いがあるということじゃないですか」

「真面目にマル暴の仕事をしていりゃ、そういうこともある」

「俺たちは、その大物に興味があるんですよ」

浦賀の眼に狡猾《こうかつ》そうな光が宿る。

鬼龍と孝景に祓われてからは、茫然自失の状態だったこともあり、桑原が言っていたような野心家の一面は影をひそめていた。

本性が顔を出しはじめたということだろうか。

陰の気を祓われても、強欲な本性は変わらないようだと、富野は思った。

「興味があるって、どういう意味だい？」

「お近づきになりたいってことですよ」

「少年事件課だろう？　ガキどもの相手をしてりゃいいだろう」

「異動があるじゃないですか。いつまでも今の部署にいるわけじゃないです」

「ふん……。大物って、いったい誰のことを言ってるんだ」

「例えば、八志呂松岳とか……」

浦賀の表情は変わらない。ポーカーフェイスだ。むしろ、桑原のほうが緊張を露《あら》わにしている。

「そいつは無茶な話だなあ……」

浦賀が言った。「相手が大物過ぎる」

「でも、浦賀さんなら会えますよね？」

「そりゃあ、まあ……」

「紹介してもらえませんか？」

「だから、いくら俺でもそいつは無理だって言ってるんだよ」

「でも、吉岡真喜っていう新聞記者を紹介しましたよね」

浦賀がぽかんとした顔になる。

「何だよ、それ……」

「シラを切っても無駄ですよ」

「吉岡って記者なら知ってるが、俺が彼女を八志呂に紹介したってのは、どういうことだ」

その記憶もないらしい。亡者を祓うというのは、こういうことなのだと、富野は改めて思った。

「あなたは、たしかに吉岡真喜を連れて、八志呂松岳のもとを訪れているんですよ」

「誰がそんなことを言った」

浦賀は、桑原を見た。

桑原に疑いの眼が向けられる。富野は桑原を守るために嘘を言った。

「吉岡真喜本人の口から聞きましたからね」

「俺はそんなことはしていない」

「いえ、実際にやったんです」

浦賀は、富野を見据えた。なかなか迫力のある目つきだ。

「八志呂に会ってどうするつもりだ」

富野は肩をすくめて言った。

「興味があるって言ったでしょう」

それから、浦賀は改めて鬼龍や有沢、そして橘川の顔を順に見ていった。

「こいつらはいったい、どういうつもりなんだ?」

富野はこたえた。

「彼らも興味があるんですよ」

「だから、どういう興味なんだ?」

「あなたが、暗示をかけられていたという話をしましたね」

「ああ。本当にそうなのかどうかはわからねえがな」

「ここ一ヵ月のことを、あまりよく覚えていないんですよね」

そう言われて、浦賀は考え込んだ。再び戸惑うような表情が浮かぶ。

浦賀がこたえないので、富野はさらに言った。

「自覚せずにいろいろな行動をとっていた恐れがあります」

「いろいろな行動……?」

「泥酔したときの言動を、翌日覚えていないことがあるでしょう。あれと似たようなものです」

浦賀は虚勢を張るように、再び富野を睨《にら》んだ。

「それがどうしたって言うんだ」

「おそらく、あなたに暗示をかけたのは、八志呂松岳なのではないかと、我々は考えているのです」

浦賀は、ふんと鼻で笑った。

「八志呂松岳はそんなことはしない」

「では、八志呂松岳と関係のある誰かが……」

浦賀は反論しかけて、ふと考え込んだ。何か思い当たる節があるのだろうと、富野は思った。

「誰かが俺に暗示だか何だかをかけたからって、それが何だと言うんだ」

富野は、鬼龍を顎で示して言った。

「彼は、そういう分野の専門家でしてね。あなたにかけられた暗示の深さや強さは、尋常ではないと言うのですよ」

浦賀は鬼龍を一瞥《いちべつ》してから言った。

「てめえら、俺に何をしたんだ」

「話をしただけです」

「それで俺が気を失ったというのか？」

富野はうなずいた。

「そうです。それだけ、心理的な影響が大きかったということです」

「訳がわからねえ」

浦賀が苛立《いらだ》ちを見せた。「暗示と八志呂松岳と、何の関係があるって言うんだ」

「専門家が尋常ではないというほどの暗示をかけられる人物なんです。それを味方につければ無敵じゃないですか」

「無敵だと……」

「八志呂松岳の影響力と、強力な暗示。俺たちも、そういうものに近づきたいと思うわけです」

我ながら屁理屈《へりくつ》だと思った。

相手を説得するためには、事実を告げるのが一番だ。だが、本当のことを言ったところで、浦賀の理解を得られるとは思えない。

常識の範囲内で、事実に近づけたぎりぎりの線だと、富野は思っていた。

今の浦賀は記憶があやふやで、しかも八志呂のもとで何かをされたという自覚があるようだ。屁理屈であっても、通じる可能性はある。

「それで……」

しばらく沈黙した後に、浦賀が言った。「八志呂にあんたを紹介したとして、俺に何のメリットがあるんだ？」

祓ってやったんだから、ありがたく思え。孝景がここにいたら、そんなことを言っていただろう。

「記憶がはっきりしないこの一ヵ月のことが心配じゃないんですか？」

浦賀が眉をひそめた。思い出せないというのは不安なものなのだ。

富野は続けて言った。

「吉岡真喜のこととか、心配でしょう。それに、八志呂たちがどうしてあなたに暗示なんかかけたのか、気にならないですか？　俺たちを味方につけておいたほうがいいと思いますけどね」

浦賀はまた沈黙した。

富野は、彼が何か言うまで待つことにした。

やがて、浦賀が言った。

「考えておく」

彼は立ち上がった。そして、部屋を出ていった。桑原が慌ててその後を追おうとした。

富野が桑原に言った。

「眼を離さないで、連絡をくれ」

「わかった」

桑原が出ていくと、橘川が富野に言った。

「あんたの話、それほど説得力はなかったが、浦賀は混乱している様子だから、それなりに効果がありそうだ」

「同感です」

「浦賀はもう亡者じゃないから、庁内で悪さをする心配はないんだな？」

富野は、鬼龍に尋ねた。

「どう思う？」

「しばらくはだいじょうぶでしょうけどね」

「しばらくは……？」

「もともと陰の気に引かれやすい人がいます。浦賀さんもそうだと思います」

「陰の気に引かれやすいってのは、つまり、欲が強いってことだな？」

「簡単に言えばそういうことですね」

「また亡者にされるということか？」

「浦賀さんが祓われたと知ったら、彼を亡者にしたやつはもう一度同じことをするでしょうね」

「だから、八志呂松岳に近づいて、浦賀や吉岡真喜を亡者にしたのが何者なのかを調べなきゃならないんだ」

「それと、結界と三種の神器を修復することも重要です。でないと、警視庁に次々と亡者を送り込まれます」

「他人事《ひとごと》みたいに言うなよ。それはあんたらの仕事だろう」

「裏鬼門を守っていたのが何だったのかを、萩原宗家が突きとめてくれないとどうしようもありません」

富野はそれについては何も言えず、溜《た》め息をついた。

橘川が言った。

「……で、吉岡真喜はどうするんだ？　亡者だから、祓わなきゃならないんだろう？」

鬼龍がこたえた。

「彼女は手強《てごわ》そうですね。でも、やらなければならないでしょう」

富野が言った。

「本部庁舎内で突然祓ったりするなよ。逮捕されることになるぞ」

「じゃあ、手を貸してくれますか？」

鬼龍に言われて、富野は聞き返した。

「手を貸す？　俺がか？　どうやって？」

「浦賀さんと同じですよ。どこか都合のいい場所に呼び出せばいいんです」

橘川が言った。

「まどろっこしいことしてないで、跡をつけてさっさと祓っちまったらどうだ？」

すると、有沢が言った。

「何だか、犯罪を教唆《きょうさ》しているように聞こえますよ」

鬼龍が橘川に言った。

「孝景もたぶんそう言うでしょうね。でも、それは危険です」

「危険……？」

「ええ。八志呂松岳の背後にいる存在には充分注意しなければなりません」

「わかった」

富野は鬼龍に言った。「じゃあ、段取りを考えようじゃないか」

鬼龍がうなずいた。

17

段取りはいたってシンプルだった。富野が吉岡真喜を、あるバーに呼び出す。そのバーで、鬼龍と孝景が待ち伏せをしているというものだ。

西麻布《にしあざぶ》の交差点近くに建つビルの地下にあるバーで、富野の馴染《なじ》みの店だった。

橘川係長が言った。

「西麻布に馴染みのバーか。さすが本部のやつはおしゃれだね」

富野は肩をすくめて言った。

「事情はおしゃれとは程遠いですけどね」

有沢が言った。

「非行少年の溜《た》まり場の、ひどいバーだったんですよ」

「ほう」

橘川が片方の眉を吊《つ》り上げる。「何があったか、だいたい想像がつくな……」

富野は言った。

「ちょっと掃除しただけですよ。すると、一般客が普通に飲みに来られる店になったというわけです」

「掃除ね……」

有沢が言った。

「悪質な非行少年を検挙したんです」

橘川が言った。

「説明しなくてもわかるよ。かなり手荒い掃除だったんだろう?」

富野はこたえなかった。

鬼龍が言った。

「孝景が祓《はら》うと、店に迷惑をかけることになるかもしれません」

富野は言った。

「店の者に目をつむってもらうよ。多少のことには、な」

「店の名前は?」

「ミール」

「いつにしますか?」

「吉岡真喜と会う算段がついたら連絡する」

「わかりました」

「じゃあ、解散だ」

「はい」

「萩原宗家に、何とか早く結界の謎を解くように言っておいてくれ」

「伝えておきます」

有沢は帰りたがっていたが、富野は彼を伴って警視庁本部に戻った。

「八階に付き合え」

富野の言葉に、有沢がこたえた。

「え？　プレスクラブですか？」

「そうだ」

「何で自分が……」

「俺が一人で行って、亡者にされたら困るだろう」

「自分がいたって役に立ちませんよ」

「いざというときは、おまえを楯《たて》にして俺は逃げる」

「マジで言ってますか？」

「それが嫌なら、全力で逃げ出して鬼龍に助けを求めるんだ」

有沢はエレベーターの中でげんなりした顔をしていた。

吉岡真喜の社のブースを訪ねると、彼女はすぐに顔を出した。

「あら、夜回りは普通、記者が警察官を訪ねるんですよ」

何の変哲もないベージュのパンツスーツだ。だが、その姿を一目見た瞬間から、妙な気分になった。わかりやすく言うと、むらむらしてきたのだ。

彼女はしなを作っているわけでも、色目を使っているわけでもない。それでも、ぐいぐいと見えない力で引っぱられているように感じる。

これが亡者の力だ。

ふと見ると、有沢の頬も紅潮しているようだ。

早いところ話をつけて、ここを去らないと……。

富野はそう思い、言った。

「ちょっと話がしたい。明日《あした》にでも時間があったら、一杯付き合ってくれないか」

「あら、お誘いいただけるなんて、うれしいわ。こちらからもいろいろとうかがいたいことがあるし……」

「聞きたいこと？」

「そう。小松川署のこととか……」

「河原の乱闘の話か？　そんなことに興味があるのか？」

「どんなネタでもありがたい。どこにどういうふうにつながっていくかわからないから……」

ねっとりとした空気に包まれてきた。陰の気というやつだ。こいつが理性を奪っていくのだ。

「明日、七時に西麻布のミールというバーでどうだ？」

「七時に西麻布のミールね。わかった」

「じゃあ……」

富野はその場を離れようとしたが、粘るような空気がまとわりつき、身動きが取りにくい。まるで発熱しているかのようにぼうっとしている。

歩き出そうとするのだが、体が吉岡真喜から離れようとしないのだ。強い磁力で引かれているような感じだ。

ふと見ると、有沢は完全に呆《ほう》けたような表情だ。

これはまずいな……。

富野は、霧散しそうな理性を無理やりかき集め、重い一歩を踏み出した。

そのとき、有沢がふらふらと吉岡真喜に近づこうとした。

富野はその手首をしっかりとつかんだ。

さらに一歩踏み出す。そして、また一歩。吉岡真喜から遠ざかるにつれて、濃密な陰の気が薄らいでいくように感じる。

富野は階段を目指して、歩を進めた。

「あの、痛いんですけど……」

有沢に言われて気づいた。いつしか富野は、彼の手首を力を込めて握っていた。そうしないと、有沢が吉岡真喜に引き寄せられてしまうように感じていたのだ。

富野は手を離した。

有沢は、もう一方の手で手首をさすっている。

階段までやってくると、富野は尋ねた。

「おまえ、だいじょうぶか？」

「だいじょうぶかって、何がですか？」

「もう少しで、虜《とりこ》か亡者にされるところだった」

「そうなんですか？」

「自覚はないのか？」

「いや……。何だか、ぼうっとしてました。吉岡さんと富野さんの話を聞いていたんですが、二人の声がだんだん遠のいて……」

「そうやって、気がついたときには、もう虜にされているんだ。そして、その次は亡者だ」

「富野さんはどうなんですか？」

「ぎりぎりだったな」

「そんなんで、明日はだいじょうぶなんですか？」

「さあな。だが、明日は鬼龍と孝景がいてくれるはずだ。おまえも来てくれるよな？」

「自分が何の役にも立たないことが、たった今わかったでしょう」

「何の役にも立たないってことはないだろう。さっきも言ったがな、楯とか囮《おとり》とか使いようはいくらでもあるんだ」

富野が階段を下りはじめると有沢は、鼻白んだ表情であとについてきた。


翌日の午後六時五十分に、富野と有沢は、西麻布のミールにやってきた。五十平米ほどで、カウンターがあるだけの殺風景な店だが、祓うにはもってこいの場所だと、富野は思っていた。

孝景が多少手荒なことをしても、店の調度を破壊する恐れが少ない。

富野はカウンターの向こうにいるオーナー店長に言った。

「邪魔するぞ」

顎鬚《あごひげ》をたくわえ、キャップをかぶった店長は関心なさそうに言った。

「何をしようと知ったこっちゃないが、さっさと用を済まして出ていってくれ」

「そう長くはかからない」

店長の「我関せず」という姿勢は、富野にとってはありがたかった。あれこれ詮索されると面倒だ。

有沢が不安気に言った。

「鬼龍も孝景も現れませんね」

「まだ七時にはちょっと間があるからな」

店長が言った。

「何か注文してくれるとありがたいんだがね」

富野と有沢はビールを注文した。

七時五分前に、吉岡真喜がやってきた。

「お待たせしたかしら」

今日もパンツスーツ姿だ。

彼女は富野の隣のスツールに腰を下ろした。

できれば、もっと離れた位置に座ってほしかった。近くにいればそれだけ亡者の力の影響を受けるだろう。

「風邪を引いていてな。うつすといけないんで、ちょっと離れるぞ」

富野はスツールを一つ空けた。

有沢は富野の隣に座っている。吉岡真喜が左側、有沢が右側だ。

吉岡真喜もビールを注文し、彼女は一気にグラスを干した。一息つくと、彼女が言った。

「それで、話って何かしら?」

「八志呂松岳のことだ」

吉岡真喜は顔色を変えない。

「八志呂松岳がどうかしたの?」

「俺は興味を持っている。あんた、浦賀という刑事に連れられて、八志呂松岳のところに行ったことがあるな?」

「しらばっくれても無駄なんでしょうね」

「無駄だ」

「誰から聞いたか知らないけれど、その情報は間違っている」

「間違っている?」

「浦賀さんに連れていかれたんじゃない。私が浦賀さんに頼んで連れていってもらったのよ」

「ほう……。なぜ頼んだ?」

「もちろん取材のためよ」

「何の取材だ」

「そんなこと、簡単には言えないわね」

「あんたは記者として、八志呂松岳に興味を持っていたということだな」

「そう」

「どういう興味なんだ?」

「あなたこそ、どうして八志呂松岳に興味があるの？」

「パワーだよ」

「パワー？」

「そう。反社の連中から与党の議員までを動かす力だ。その秘密が知りたいし、できればその恩恵に与《あずか》りたい」

吉岡真喜が身を乗り出すようにして、少しばかり富野に近づいた。富野を見つめて言う。

「私もね。それに興味があったの」

にわかに空気の粘度が増していくように感じられた。富野は、吉岡真喜が発する磁力のようなものを意識しながら言った。

「それというのは何のことだ？」

「八志呂松岳の力の秘密。世間で言われているような金の力なんかじゃない。反社の連中を動かせるといっても、それが力の秘密とは思えない」

「じゃあ、何なんだ？」

「人脈ね」

「政財界の人脈ということか」

すると、吉岡真喜はかぶりを振った。

「そんな当たり前のことじゃない」

「当たり前じゃない？」

「そう。取材をしていくうちに、いろいろな噂を聞いた」

「どんな噂だ」

「八志呂のバックには、宗教家のような人物がいるらしい」

「それは何者だ？」

「わからないから、八志呂に会いにいこうと思ったわけ」

「それで、浦賀に頼んだと……」

「そういうこと」

吉岡真喜の言ったことについて考えてみようとした。しかし、思考がまとまらない。

すでに富野を包み込む空気は、蜜のようにねっとりとしていた。視界が狭くなっていることに気づいた。ひどく酔って意識をなくしかけているときのようだ。

頭の中がぼうっとすると同時に、体が火照ってきた。体の芯から欲情が突き上げてくる。

いよいよまずいぞ。

富野は有沢の様子を見た。

彼も熱に浮かされたような顔をしている。

富野と有沢だけではない。カウンターの中の店長も顔を紅潮させて息が荒くなっている。

鬼龍と孝景は何をしているんだ。

吉岡真喜が、さらに近づいてくる。

すると、蜜のような空気の濃度が増した。

抗《あらが》いがたいほどの欲情だった。富野は必死に耐えていた。少しでも吉岡真喜から身を離そうとする。だが、体がうまく動いてくれない。

　このままだと、吉岡真喜に襲いかかるかもしれない。警察官が酒の席で新聞記者に襲いかかったとなれば、確実に懲戒免職だ。そればかりか、強制わいせつ罪や、強制性交等罪で逮捕されかねない。

「どうしたの？」

　吉岡真喜がほほえんだ。「何をためらっているの？」

　露骨な誘いに、富野は抵抗しきれなくなりそうだ。

　俺は亡者にされるのか。

　体が、吉岡真喜に吸い寄せられていく。無意識のうちに、手を伸ばしていた。その手が彼女に触れたら、おそらく理性はすべて吹き飛ぶ。

　富野は必死に誘惑に抵抗していた。

　自分が何とか耐えたとしても、有沢か店長を制することまではできないだろう。

　彼女をおびき出すという計画自体が間違いだったのだろうか。亡者としては、浦賀など比較にならないほど強力だ。

　富野が手を伸ばすのと同様に、吉岡真喜も手を伸ばしてきた。

　手が触れ合ったとたんに、すべてが終わる。

　ここまでか……。

　富野がそう思ったとき、出入り口のドアが開いた。

　黒ずくめの人影が姿を見せる。鬼龍光一だ。

　彼が唱える祝詞《のりと》が聞こえてくる。

「ふるべゆらゆらとふるべ。ふるべゆらゆらとふるべ……」

どんよりと粘液質だった空気に、清涼な風が吹き込んできたように、富野は感じた。

明らかに、鬼龍の術が陰の気を祓っているのだ。

富野の視界が徐々にクリアーになってくる。

どうやら非違行為に及ばずに済みそうだ。

富野が一息つこうとしたとき、にわかにまた周囲の空気の粘度が高まったように感じた。ねっとりと体中にからみついてくる。

陰の気が再び強まっている。

吉岡真喜は鬼龍の術をはね返そうとしている。

再び富野の体は陰の気に包まれる。それに身を委ねてしまえば体験したことのないような快感がもたらされる。そのことが本能的にわかっていた。

だが、それは亡者にされることを意味している。

何とかしろ。

富野は心の中で鬼龍に訴えていた。

鬼龍の祝詞が変わった。

「ひとふたみよいつむゆななやここのたり。ひとふたみよいつむゆななやここのたり……」

それが再び爽やかな風となって吹き込んでくる。

しかし、それもつかの間だった。またしても、陰の気が押し返してくる。吉岡真喜はやはり強力だった。

戸口に二人目が現れた。

「何やってんだよ」

白装束に銀髪の男。安倍孝景だ。

彼はずかずかと店に入ってきて、無造作に吉岡真喜に近づいた。そのまま、相手に正拳を見舞う。

それが彼のやり方だ。

孝景は何の躊躇《ちゅうちょ》もなく、吉岡真喜の腹に拳を叩《たた》き込もうとした。

だが、その拳は届かなかった。打ち込む前に、孝景の体が後方に吹っ飛んでいた。

大男に体当たりされたような勢いだった。孝景は出入り口のドアに叩きつけられていた。

亡者は時折このような超自然的な力を見せることがある。

「くそ……」

孝景がよろよろと起き上がる。

鬼龍は祝詞を続けている。

「ひとふたみよいつむゆななやここのたり……」

吉岡真喜は余裕の表情で、富野に言った。

「邪魔が入ったので、どこか別の場所に行きましょう」

まとわりついた蜜のような陰の気が、物理的な力を持ったかのように富野を引っぱろうとする。

孝景がまだふらふらしながらも、吉岡真喜に近づき、拳を構える。

「うるさいわね」

吉岡真喜は、虫でも払うように手を振る。それだけで再び孝景が弾《はじ》き飛ばされた。スツールを二つひっくり返しながら、床に投げ出される。

富野は鬼龍に言った。

「おいおい、かなわないのかよ……」

すると、祝詞をいったん中断して、鬼龍が言った。

「そう思うなら、加勢してください」

「加勢って……」

「トミ氏なら、術が使えるはずです」

鬼龍が再び祝詞を唱えはじめる。

「ひとふたみよいつむゆななやここのたり……」

どう加勢すればいいんだ。

富野は考えた。

孝景が正拳を打ち込めるように、吉岡真喜を羽交い締めにでもすればいいのだろうか。だが、体に触れるのは彼女の思う壺《つぼ》だ。たちまち理性を奪われ亡者にされてしまうだろう。

触れることもままならない。ならば、どうする……。

追い詰められた富野は、いつしか何事かつぶやいていた。

「ふるべゆらゆらとふるべ。ふるべゆらゆらとふるべ……」

それは、先ほど鬼龍が唱えていた言葉だ。意味はわからないし、そもそもそれが何であるかも知らない。

その文言はすでに覚えていたので、とにかく鬼龍を真似てみよう。

そう思っただけだった。

「ふるべゆらゆらとふるべ。ふるべゆらゆらとふるべ……」

それが劇的な効果をもたらした。

富野にまとわりついていた陰の気が一掃された。とたんに体が軽くなり、気分が爽快になった。

鬼龍が一気に押し返した。

「ひとふたみよいつむゆななやここのたり……」

富野には、鬼龍の全身が発光しているように見える。その光が吉岡真喜を責め苛《さいな》んでいるように見える。

亡者の力はもう富野には及ばない。

「手こずらせてくれたな」

孝景がそう言って吉岡真喜に近づく。今度は吹き飛ばされなかった。

腰を入れた正拳突き。

拳が吉岡真喜の腹に炸裂《さくれつ》した瞬間、まばゆい光が発せられる。

富野は思わず両手で顔を覆っていた。

18

術者にしか見えない強烈な光。富野はしばらく目を開けられなかった。

恐る恐る目を開いたとき、まず眼に入ったのは店長の顔だった。

夢から覚めたようなぼんやりとした表情だ。

それから富野は、有沢の様子を見た。彼も店長と同じような顔をしている。

床に倒れている吉岡真喜に気づいた。彼女はもう、先ほどのような妖しげな空気をまとってはいない。

孝景が彼女を見下ろしていた。

富野は孝景に尋ねた。

「祓ったんだな?」

「ああ」

すると、店長が目をむいて言った。

「そいつが彼女をぶちのめしたんだ。女相手に何てことをするんだ」

孝景が言った。

「ふん。俺が祓わなきゃ、あんた、今頃亡者だ」

富野が店長に言った。

「こいつの言ってること、理解できないだろうが、間違ったことは言ってないよ。俺たちの危ないところを救ってくれたんだ」

店長が猜疑心《さいぎしん》に満ちた顔を向けてくる。

「危ないところを救っただって？」

「あんたも俺も、ここにいる有沢も、彼女の毒牙にかかるところだった」

「毒牙……？」

「暗示みたいなもんだ。彼女は新聞記者だ。俺たちに襲われたなんて彼女が言い出したら、俺と有沢はクビだし、こんな店はすぐに潰れちまう」

亡者にされるなどという話をするより、そのほうが現実味があると富野は思った。

「ふん……」

店長が言った。「何だか知らないが、俺は女に暴力を振るうようなやつは嫌いなんだ」

孝景がふてくされたように言った。

「俺が二度もぶっ飛ばされたのを見ていなかったのかよ」

店長はそれについては何も言わなかった。

富野は店長に言った。

「とにかく、ここで見たことは忘れるに限る」

店長は肩をすくめた。

「そうだった。あんたがここで何をしようが、俺の知ったこっちゃないんだったな」

「そのほうが、あんたのためだよ」

目の前で起きた非現実的な出来事について、彼がどう考えるか、富野にはわからない。だが、どうせ、何を考えたところでわかりっこないのだ。だったら、忘れるのが一番だ。店長もそういう結論に達するはずだ。

「彼女はどうなった?」

富野は孝景に尋ねた。

「さあな。かなり深いところまでやられていたからな……」

「抜け殻になったのか?」

「浦賀のときとは違うことは明らかだ。病院に運んだほうがいいかもしれない」

すると店長が言った。

「救急車はやめてくれよ。飲食店に救急車がやってくると世間体が悪いんでな」

鬼龍がかがみ込んで、吉岡真喜の様子を見てから言った。

「孝景の言うとおりです。病院に運んだほうがいい。このまま意識を取り戻さない恐れもあります」

富野が鬼龍に言う。

「しかし、病院に運んだら、何があったかあれこれ質問されるぞ」

「ありのままを言えばいいんです」

「亡者なので祓ったらこうなったって言うのか?」

鬼龍はかぶりを振った。

「いっしょに一杯やっていたら、急に彼女が倒れて意識を失った……。そういうことでしょう」

「それで医者が納得すると思うか？」

「納得するも何も、そう言うしかないでしょう。あとは病院に任せればいい。いろいろな検査をやるはずです」

「彼女が元どおりになる確率はどれくらいだ？」

「五分五分ですね」

「あまりいい確率とはいえないな……」

「早く運べよ」

孝景が言った。「もし脳にダメージがあったら、手遅れになりかねないぞ」

富野は驚いて尋ねた。

「亡者を祓うと、脳にダメージが残るのか？」

孝景が肩をすくめる。

「そういうことがあってもおかしくはないという話だ」

「いずれにしろ、急いだほうがいいな。有沢、タクシーを拾ってくれ」

「了解しました」

その後、有沢と二人で吉岡真喜をタクシーまで運び、救急病院へ向かうことにした。鬼龍がタクシーの脇までやってきて言った。

「彼女からはもう話を聞けないかもしれません」

富野は小声で言った。

「五分五分なんだろう。そう悲観することはない」

「いい確率とはいえないと、さっき言ったじゃないですか」

「五分五分なら賭けてもいいじゃないか。それにな……」

「それに……？」

「あんたらが来る前にちょっと話をしていたんだ。浦賀が吉岡真喜を八志呂のところに連れていったというより、彼女がそれを浦賀に頼んだんだそうだ」

「頼んだ？　八志呂のところに連れていってくれと？」

「そういうことらしい」

「どうして彼女が……」

「八志呂について取材していたようだ。なんでも、八志呂のバックには宗教家のようなやつがいるらしい」

「宗教家……。もしかしたら、そいつが結界破りを……」

「おおいに考えられることじゃないか」

そのとき、運転手が言った。

「出発しますよ。いいですね？」

富野は言った。

「連絡する」

車が出た。

案の定、病院ではあれこれと事情を訊《き》かれたが、富野と有沢が警察官であることが幸いした。そうでなければ、所轄に連絡されて、さらに面倒なことになったかもしれない。

検査が済み、バイタルを計測するためのチューブやセンサーを取り付けられてベッドに横たえられてからも、吉岡真喜に意識を取り戻す気配は見られなかった。

「何か、精神的に大きな衝撃を受けることがあったように思うんですが……」

医者が富野に言った。「何か心当たりはありませんか?」

神霊的な衝撃があったのだとは言えない。

「我々にもよくわからないんです」

富野はそう言うしかなかった。

「脳に器質的なダメージは見られないので、心理的なものかと思いますが……」

「意識は戻るのでしょうか?」

「何とも言えません」

「では、何かあったら連絡をください」

富野はそう言うと、病院をあとにした。

有沢が言った。

「このまま抜け殻になるんでしょうか」

「どうだろうな」

どうにも後味が悪かった。亡者というのは、祓っても祓わなくても面倒なものだ。

富野は言った。

「虜になっていた新聞記者は何といったっけな？」

「白河ですね」

「吉岡のこと、連絡しておけ」

「何と言えばいいんです？」

「病院にいると言えばいいんだ」

「それじゃ済まないでしょう」

「済ませるんだよ。本当のことを説明したところで、こっちの精神状態を疑われるだけだ」

「そりゃ、そうですが……」

「さて、さすがに疲れた。帰るとするか」

帰ると聞くと、いつもなら嬉《うれ》しそうにする有沢が、何も言わない。何事か考えている様子だが、考えても仕方がない。ただ、抜け殻にならないことを祈るしかない。富野はそう思った。


翌日の午後一時頃、富野は有沢を連れて神田署にやってきた。浦賀が何か思いだした様子だと、桑原から連絡があったのだ。

「特命室」と名付けられた部屋で話を聞くことにした。

富野と有沢が特命室で浦賀たちを待っていると、そこに橘川係長が顔を出した。

「何だか浮かない顔だな」

橘川係長の言葉に、富野は応じた。「昨日、亡者を祓いました」

「女性記者か？」

「そうです」

「……で？」

「病院にいます。抜け殻になったかもしれません」

「そうか……」

橘川も沈んだ表情になった。

そこに、浦賀と桑原がやってきた。

富野はさっそく話を聞くことにした。

「何を思いだしたんだ？」

「俺が何とかいう記者を八志呂松岳のところに連れていったと、あんたは言ったな」

「その記者があんたにそう頼んだんだそうだ。吉岡真喜っていうんだが……」

「記者が俺に頼んだ？」

「暗示の話をしたのを覚えているな」

「ああ……」

「それは八志呂の力じゃない。八志呂の背後には何か宗教的な力を持った人物がいるらしい。吉岡は、それについて探りたかったんだ」

「宗教的な力……」

「あるいは心霊的な力と言うべきか……」

浦賀はしばらく考えてからかぶりを振った。

「そんなやつのことは知らない。だが……」

「だが……？」

「思い出したんだ。八志呂のところで、若い娘に会った気がする」

「若い娘だって？」

「女子高校生だったと思う」

すると、桑原が言った。

「だからさ、俺、もしかしたら、亜紀さんがそこにいたんじゃないかって思ったんだけど……」

「いや」

浦賀が言った。「亜紀っていうのは、神社で会った子だろう？　その子じゃなかった」

「当然だろう」

富野はかぶりを振った。「亜紀が八志呂のところにいるはずがない」

桑原が肩をすくめた。

「女子高校生と聞いて、亜紀さんのことが頭に浮かんだだけだ。忘れてくれ」

すると、有沢が浦賀に言った。

「その女子高校生の人着《にんちゃく》、覚えてますか？」

浦賀が顔をしかめる。

「どうかな。ぼんやり思い出しただけだからな……」

「写真を見てもらえますか？」

「写真？」

有沢はスマートフォンを取り出し、誰かの顔写真を画面に表示して、それを浦賀に示した。

浦賀はその画面を覗《のぞ》き込んだ。

有沢が尋ねる。

「その女子高校生って、この子じゃないですか？」

浦賀は細めていた目を見開いた。

「ああ、そうだ。その子だな」

「間違いないですか？」

「間違いない。写真を見て、はっきり思い出した」

富野は有沢に尋ねた。

「誰の写真だ」

「島田凪です」

「何だって……」

富野は有沢のスマートフォンを引ったくって画面を見た。「おまえ、いつの間にこんな写真を……」

「行方不明者ですよ。当然、所轄から入手するじゃないですか」

「その写真をどうして浦賀さんに見てもらおうと思ったんだ？」

「ああ……。それは単なる思いつきです」

有沢の思いつきはばかにできない。

富野は、島田凪の顔を見つめたままつぶやいた。

「なぜだ……。なぜ行方不明の島田凪が……」

するとと、浦賀が言った。

「その女子高校生が一晩、吉岡という記者と同じ部屋で過ごした」

富野は思わず聞き返した。

「同じ部屋で過ごした?」

「そうだ。そして、その翌日、吉岡という記者にその部屋に連れていかれ……」

浦賀は、力なくかぶりを振った。「それきり、何も覚えていない」

橘川係長が言った。

「おい、吉岡を亡者にしたのは、その島田凪とかいうやつなんじゃないのか? そして、さらに吉岡が浦賀を……」

富野は、有沢に言った。

「鬼龍や亜紀たちに集合をかけてくれ。俺は小松川署に連絡する」

有沢の返事を聞く前に、富野は携帯電話を取り出して、田中にかけていた。

「どうした?」

「島田凪だが……」

「ああ、まだ見つかってないよ。全力で捜索しているが、何せ手が足りないし、係長が乗り気じゃないもんで……」

「彼女は危険だ。絶対に触るな。できれば、近づかないほうがいい」

田中が怪訝《けげん》そうな声になる。

「おい、どうしたっていうんだ? 危険だっていうのはどういうことだ?」

「とても大物とは思えない木戸が、どうして地域を牛耳ることができたのか、不思議だった」

「ああ、そういう話をしたよな。たしかにあいつは頼りなかったが……」

「それを可能にしたのが島田凪なのかもしれない」

「ちょっと待て。どういうことなのか、ちゃんと説明してくれ」

「すぐに飛んで行って説明したいが、こっちも別件で立て込んでいて……」

それに、どう田中に説明すればいいのかわからなかった。

田中の声が聞こえてくる。

「今もうちの捜査員や地域課の連中が彼女の足取りを追っているんだが……」

「もう一度言う。彼女は危険だから触るな。近づくのも危険だ」

「捜さなくていいってことか？」

「できるだけ早くそっちに行って説明するから……」

「何だかわからんが、取りあえずはあんたの言うとおりにするよ」

「また、連絡する」

富野は電話を切った。


それから約一時間後、鬼龍、孝景、そして萩原宗家がやってきた。

「何だよ」

孝景が言った。「また誰かを祓えっていうのか？」

それからさらに三十分ほど経って午後三時を回ると、亜紀が到着した。

富野は、浦賀から聞いた話を彼らに伝えた。

孝景が怪訝そうに言う。

「その島田凪ってのが、亡者の親玉だとでも言うのか？」

富野はこたえた。

「その可能性はある」

橘川係長が言う。

「だが、行方がわからないんだよな？」

富野は言った。

「市川にある大きな屋敷に匿《かくま》われている可能性がある」

「大きな屋敷？」

「ああ。酒井忠士郎という人物の屋敷だ」

すると、萩原宗家が声を上げた。

「酒井忠士郎ですと？」

富野は驚いて尋ねた。

「ご存じですか？」

「いや……」

萩原宗家が思案顔で言った。「どこかで聞いたことがあるような気がするんです」

彼は無言で考え込んだ。

すると、有沢が言った。

「これも思いつきなんですけど……」

「何だ？」

「八志呂の背後に何か宗教絡みの大物がいるって、吉岡真喜が言ってましたよね」

「ああ」

「それって、酒井忠士郎なんじゃないかって思ったんですが……」

富野は、はっと有沢の顔を見た。

「だとしたら、彼が島田凪を屋敷に匿ってた理由も何となくわかりそうな気がする」

萩原宗家が言った。

「調べてみましょう。酒井という人物について、何かわかるかもしれない」

橘川係長が萩原宗家に言った。

「警視庁の結界についてはどうなんです？　裏鬼門の秘密はわかりましたか？」

「いや、それはまだ……」

すると、亜紀が言った。

「結界には水を使うのよね」

「そうですね」

萩原宗家がうなずく。「裏鬼門以外の三方は間違いなく水を利用しています」

「裏鬼門にも水があるじゃない」

一同が亜紀に注目した。

「水が……？」

萩原宗家の問いに、亜紀はうなずいた。

19

「俺たちはな」

孝景が言った。「地図を何度も確かめたし、実際に警視庁の周りを歩き回った。けどな、裏鬼門、つまり西南の方角には、水なんてなかったんだ」

「たしかに……」

萩原宗家が言った。「鬼門には皇居のお濠《ほり》、西には国会前庭の池、東には日比谷公園の池があります。西南方向には弁慶濠《べんけいぼり》がありますが、裏鬼門というには方角がちょっとずれている。それに距離がありすぎます」

「えー、弁慶濠までたどりついたのに、どうして気づかないの？」

萩原宗家が首を捻《ひね》る。

「何のことでしょう」

亜紀が言った。

「ちょうど裏鬼門の位置に溜池《ためいけ》があるじゃない」

「溜池……」

萩原宗家がつぶやくと、孝景が顔をしかめて言った。

「おい、それって、ただの交差点の名前だろう」

「でも昔は、本当に溜池だったんでしょう？　江戸城の外濠の一部で、弁慶濠ともつながっていた……」

「けどよ。今は池なんてねえよ」

「いや……」

萩原宗家が言った。「亜紀さんのご指摘のとおりかもしれません」

孝景が尋ねる。

「何でだよ」

「その土地が水をたたえていたという記憶は残ります」

「そんなの、覚えている人なんてもう生きてねえよ」

「いや、土地が覚えているのです」

「土地が……」

「そして、地名が残っている限り、それを利用することができます」

「利用するって、どうやって」

「言霊《ことだま》として使うのです。地名が残っていれば、その地にはエネルギーが残っています」

「言霊か……」

孝景が鬼龍を見て言った。「たしかに言霊は大きな力を秘めているが……」

富野は二人に尋ねた。

「そうなのか？」

するると、鬼龍が言った。

「何を言ってるんです。西麻布のバーであなたも言霊を使ったじゃないですか」

「俺が……？」

「古神道の祝詞《のりと》を唱えて私たちを助けてくれました。あれも言霊の力です」

「俺はあんたの真似をしただけだ」

「真似をするだけで力を発揮します。それが言霊です。もっとも、トミ氏だからできたことなのかもしれませんが……」

「そう。言霊は使えます」

萩原宗家が言った。「しかし……」

「しかし？」

富野は聞き返した。

「溜池という地名だけで、実際に水があるような効果を得るには、相当に高度な術が必要になります」

「そうだろうな」

孝景が肩をすくめる。「俺には無理だ。だから、誰かに任せるよ」

鬼龍が言った。

「引き受けたからには、そうはいかない」

萩原宗家が言う。

「まずは、どのような術でそれを行ったのかを知らねばなりません」

鬼龍が言う。

「調べてみましょう。我々がお手伝いします」

「おい」

孝景が鬼龍に言った。「その我々の中に俺は入っていないだろうな」

「もちろん、入っている」

孝景が舌打ちした。

萩原宗家が亜紀に言った。

「溜池に気づいたのはお手柄です。さすがは元妙道です」

「両親に訊《き》けば、もっと何かわかるかもしれない」

萩原宗家はうなずいてから、ふと思いついたように言った。

「ひょっとして、亜紀さんは雨女ですか？」

「そう。すっごい雨女。旅行とか行くと、たいてい雨が降っている」

「ならばきっと、神々にかわいがられておいでですね」

「えー、晴れ女のほうがいいなあ」

富野は尋ねた。

「雨女とか、結界に何か関係があるのですか？」

「もしかしたら、亜紀さんのお力をお借りすることになるかもしれません」

「そう言えば亜紀は、山手線《やまのて》による将門《まさかど》封じの結界を破ったことがある」

萩原宗家は目を丸くした。

「たまげましたな……」

亜紀が言った。

「破るのはわりと簡単だけど、作り直すのはたいへんだよ」

萩原宗家が言う。

「みんなで力を合わせなければならないでしょうね」

「そのみんなの中に……」

孝景が言いかけたのを、鬼龍が制した。

「もちろんおまえも入っている」

富野は言った。

「俺は、島田凪の件で、小松川署に行かなければならない」

萩原宗家が言った。

「では、私もやるべきことをやりましょう」

富野はうなずいた。

「じゃあ、いったん解散だ」

「島田凪のこと、小松川署には、どういうふうに言ってあるんです？」

神田署を出ると、有沢がそう尋ねた。

富野はこたえた。

「取りあえず触るなと言ってある」

「でも、見つけたら職質とかするでしょう」

「だから、そんなことがないように、これから説明をしに行くんだ」

「何て説明するつもりです？　島田凪は亡者の親玉かもしれないって言うんですか？」

「それを今考えているんだ。おまえも、考えろ」

「はあ……」

「浦賀が八志呂のところで見かけたのが、島田凪かもしれないと思いついたのはお手柄だ」

「どうも」

「その調子で何か思いついてくれ」

「いやあ、それは無理かもしれません」

「無理なんて言わずに考えろ」

「はい」

それから小松川署に着くまで、有沢は一言も口をきかなかった。


「何がどうなってるんだ」

富野と有沢を見ると、田中が言った。「島田凪が危険だというのは、どういうことなんだ？」

富野は聞き返した。

「職質なんてしていないよな」

「まだ見つけていないからな」

「できるだけ近づかないでくれ」

「それはもう聞いた。だがな、行方不明者なんだぞ。見つけたら保護する必要がある」

「それも、当面は必要ない」

田中は溜め息をついた。

「木戸が地域を牛耳れたのは、島田凪のおかげだと、あんた言ってたな」

「そうかもしれない」

「それって、どういうことなんだ?」

亡者の力だと言っても、田中は納得しないだろう。どう説明したものか。

富野が考え込んでいると、有沢が言った。

「ええとですね。島田凪を捜さなくていい理由は、彼女の居場所の見当がついているからです」

田中が尋ねる。

「どこにいるというんだ?」

「八志呂松岳の自宅です」

この一言は、田中に衝撃を与えるに充分だった。彼は目を丸くして言った。

「八志呂松岳って、あの瑞報会の……」

「そうです」

「大物じゃないか。何で行方不明の女子高校生がそんなやつの自宅に……」

「島田凪が酒井忠士郎の自宅に匿《かくま》われていましたよね?」

「確認は取っていないし、酒井忠士郎はその事実を認めていない」

「でも、おそらくそうなんですよね」

「ああ。俺はそう思っている」

「どうやら酒井忠士郎は、八志呂松岳とつながっているらしいのです」

田中が眉をひそめる。

「つながっている……？　どういうつながりだ？」

「酒井忠士郎は宗教家か何からしいのですが……」

「宗教家？」

「もっと有り体に言えば、霊能者と関係があるというか……」

「霊能者だって？　何だか胡散《うさん》臭いやつだと思っていたが、インチキお祓《はら》い師の類か？」

「詳しいことはまだ不明ですが、それが八志呂松岳のバックボーンになっているらしいのです」

「瑞報会ってのは、右翼団体だろう。怪しい宗教がついているというのか？」

「八志呂松岳の精神的な拠《よ》り所なんじゃないでしょうか」

「待てよ……」

田中が言う。「島田凪は酒井忠士郎の屋敷にいたとする。八志呂と酒井がつながっているなら、島田凪と八志呂もつながっているということか？」

有沢はうなずいた。

「そうです。島田凪のバックには八志呂の瑞報会がついているのです」

田中が、はっと気づいたように言った。

「木戸が地域の不良どもを牛耳れたのも、そのバックのおかげというわけか」

「非行少年は裏社会の情勢に詳しいですからね。当然、瑞報会の名前は知っているでしょう」

「木戸は瑞報会の名前を利用したということか。虎の威を借る何とやらだな」

「へたに島田凪に接触すると、八志呂松岳を刺激することになるかもしれません」

「そりゃあ、たしかに近づかないほうがいいかもしれんな。触らぬ神に祟《たた》りなしだ」

田中は富野を見た。「最初からそう話してくれればよかったのに」

富野は言った。

「どこに耳があるかわからないので、八志呂や瑞報会の名前は出したくなかったんだ」

田中はうなずいた。

「事情はわかった。島田凪には手を出さないようにしよう。だが、いつまでもというわけにはいかない」

「それについては、また連絡する」

なんとか田中は納得してくれたようだ。


廊下に出ると、富野は有沢に言った。

「おまえ、ひょっとしたらけっこう頭がいいんじゃないのか？」

「そういう言い方、傷つきますね」

「あんなうまい説明を、よく思いついたな」

「八志呂松岳のことを考えれば、誰だって思いつきますよ」

「酒井忠士郎が、霊能者だなんて、なかなか考えつかないよ」

「霊能者だとは言っていません。あくまで、霊能者の関係者だと言ったんです。もし、島田凪が亡者の親玉なら、酒井はその関係者らしいから、嘘じゃないですよね」

「ああ、嘘じゃない。そして、筋が通っていた」

有沢が声を落とした。

「島田凪はどこにいるんでしょう。長い間、酒井邸に潜んでいたようですけど……」

「酒井の家か八志呂の家だと思う」

「まあ、そこにいる限りは小松川署の人たちが接触することはないですね」

「俺たちも接触できない」

「ええと……。やっぱり、接触しなくちゃ、まずいですかね」

「行方不明者なんだから、警察としては捜し出す責任がある。そして、亡者なら祓わなけりゃならない」

「そうですよね……」

富野は時計を見た。

午後五時になるところだ。

「今から本部に戻っても仕方がないな」

「係長に報告しなくていいんですか？」

「何をどうやって報告するんだ？」

「取りあえず、小松川署に行ってきたと……」

「必要ない。神田署に行こう」

「またですか」

「特命室なんて、便利な名前じゃないか」

二人は再び神田署に向かった。

有沢には係長に報告する必要はないと言ったが、本来ならその日の行動を報告し、日報に記さなければならないし、出かける前には、上長にその日の行動計画を書類にして提出しなければならない。公務員は気楽だと言われるが、警察官はなかなか面倒なのだ。


「やっぱり戻ってきたな」

富野と有沢の顔を見ると、神田署の橘川係長が言った。

富野はこたえた。

「なんだか、ここが一番落ち着くような気がしてきました」

「狭くて薄汚れたこの部屋がか?」

「だから居心地がいいのかもしれません。なんだか、学生時代の部室を思い出します」

「俺はもっとすっきりとした部屋がいいなあ」

神田署の特命室にやってきて十分ほどした頃、鬼龍から電話があった。

「はい、富野」

「萩原宗家から連絡がありました。酒井忠士郎について調べたということです」

「何者だ?」

「それは、萩原宗家から直接聞いてください。今どちらですか?」

「神田署の例の部屋だ」

「じゃあ、そこに行きます」

「待ってる」

電話が切れた。

富野は、橘川と有沢に、今の電話の内容を告げた。

話を聞き終わった橘川が言った。

「気になるな。俺もいていいな？」

富野はこたえた。

「もちろんですが、もうとっくに終業時間を過ぎてますよ」

「俺たち刑事には関係ないよ」

午後六時半頃、まず鬼龍と萩原宗家がやってきた。それから約五分後に孝景が姿を見せた。

富野が萩原宗家に言った。

「酒井忠士郎が何者かわかったということですね？」

「だいたいわかりました」

「教えてください」

「亜紀さんが来るのを待とうかと思うのですが……」

富野は驚いて、鬼龍に尋ねた。

「亜紀も呼んだのか？」

その問いにこたえたのは、鬼龍ではなく萩原宗家だった。

「私がそうするように頼んだのです。元妙道にも知恵と力を借りたいので……」

その亜紀がやってきたのが、午後六時四十分頃のことだ。

「もう話終わっちゃった？」

萩原宗家がこたえた。

「まだです。亜紀さんの到着を待っておりました」

「えー、それは申し訳ないっす」

富野は言った。

「では、お聞かせ願えますか？　酒井忠士郎が何者なのか……」

20

萩原宗家が言った。

「ある団体の代表です」

「ある団体？　宗教団体ですか？」

「一般にはそのように言われておりますが、実際には教団というより秘密結社のようなものでしょうか……」

「秘密結社……」

橘川が興味津々の顔で聞き返した。「何と言う団体なんですか？」

「『ゴンの党』と名乗っています」

「妙な名前ですね……」

橘川がつぶやいたとき、亜紀が声を上げた。

「あ、それ、聞いたことがある」

「ほう……」

萩原宗家が亜紀に言う。「さすが元妙道です」

「日本の世直しを訴えている集団よね」

萩原宗家がその言葉を受けて言った。

「ものすごく大雑把ですが、まあ、そういうことです」

橘川が尋ねる。

「どういうふうに世直しをするというんだ？」

萩原宗家が言った。

「それについては、『ゴンの党』について少々説明しなければなりません」

「話をうかがいましょう」

富野は言った。「俺たちはそのためにここにいるんです」

「ゴンというのは、すなわち『うしとら』のことです」

萩原宗家は、テーブルにあったメモ帳をたぐり寄せ、そこにボールペンで「艮」と書いた。

「艮は八卦《はっけ》の一つです。卦はさまざまなものを象徴しますが、艮は山や狗《いぬ》、関節などを象徴します。『節度』を表しているという者もいます」

「節度……」

富野は言った。「そいつは世直しと関係がありそうですね」

「おっしゃるとおりです。『ゴンの党』では、日本がある出来事を境に、『ゴンの世』から『コンの世』になったと主張しております」

「『コンの世』……？」

「コンも卦の一つで、『ひつじさる』のことです」

萩原宗家は「坤」の字を書いた。

「坤の卦は、大地や牛、腹部などを象徴します。方角では艮の正反対、つまり西南を表します。また、大衆や迷いなどを象徴しているとも言われます」

「つまり、こういうことですか？」

富野は言った。「日本は、節度の世を離れ、大衆が迷う世になったと……」

「『ゴンの党』、つまり酒井忠士郎はそう申しておりますな。彼らが重要視しているのは何より艮の卦です」

「艮の卦……？」

「はい。『うしとら』のことと申しました。つまり、東北の方角を表します」

「鬼門ですね」

「おっしゃるとおり。鬼門はきわめて大切です。警視庁に結界を張った者たちは、その鬼門に皇居のお濠《ほり》を利用しています。強力な封印です。何者かは知りませんが、鬼門の重要さをよく心得ている者たちに違いありません」

「そして、坤、つまり『ひつじさる』は裏鬼門ですね」

「裏鬼門は、鬼門に準じて重要です。そこは、亜紀さんが看破なさったとおり、溜池で封じられておりました」

「高度な術を使ったとおっしゃっていましたね」

「そう。実際に水があるかのような効力を発揮させるべく、言霊を駆使して土地の記憶を利用したのです」

橘川が萩原宗家に尋ねた。

「ある出来事を境に、『ゴンの世』から『コンの世』に変わったと、その連中は言ってるんですよね」

「そうです」

「そのある出来事というのは何です？」

「艮、すなわち東北と、坤、すなわち西南が激しくぶつかり合ったことがありました」

橘川が得心した顔で言った。

「戊辰《ぼしん》戦争ですね」

萩原宗家がうなずいた。

「『ゴンの党』の連中はあそこから日本がおかしくなったと言っています」

「その説には、納得できるものがありますね」

「二百六十年もの間、日本には戦争がなかったのです。しかし、あの戊辰戦争以来、日本は戦争を続けてきました。西南戦争、日清《にっしん》戦争、日露《にちろ》戦争、そして二つの世界大戦……」

「戦争だけの話ではありませんね」

橘川が言った。「瓦解以降、日本はおかしな国になった……。そう感じている人は少なくなかったと思います」

亜紀が尋ねた。

「瓦解って何？」

「徳川幕府がなくなったってことだ」

「あ、明治維新ってこと?」

「学校では習わないだろうけどね。覚えておくといい。もともと明治維新なんて言葉はない。人々はただ『瓦解』と言っていたんだ。明治維新だ、文明開化だというのは、薩摩《さつま》・長州《ちょうしゅう》の連中が言っていたことだ」

「薩摩・長州……」

亜紀が言う。「つまり坤の方角の人たちね」

「戊辰戦争では、東北地方が戦場となり、すさまじい犠牲者が出た。会津《あいづ》の白虎《びゃっこ》隊の話は知っているだろう。会津藩最後の家老西郷頼母《さいごうたのも》の家族は自刃した。薩摩・長州は、東北の人々を皆殺しにしなければ気が済まなかったんだ。戦争というよりジェノサイドだよ。瓦解後もひどかった。会津藩の人々は斗南《となみ》藩という新しい土地に追いやられたが、ここが地獄のようにひどい土地だった。山形県の県令になった薩摩藩士の三島通庸《みしまみちつね》は、道路を整備すると言って、東北の人々を奴隷のようにこき使った。ここでも多くの死傷者が出るんだ。会津をはじめ、東北の人々はいまだに薩摩・長州に怨《うら》みを持っている」

亜紀が言った。

「でも、昔の話でしょう」

「そう言って涼しい顔をしているのは、殺戮《さつりく》をした側だ。ひどい目にあったほうは絶対に怨みを忘れない」

「そう。その人の言うとおりだよ」

孝景があっけらかんとした口調で言った。「俺たち東北の人間は、何があろうと戊辰戦争と瓦解のことは忘れない」

　富野は孝景に尋ねた。

「おまえたち奥州勢も、『ゴンの党』のことを知っているんじゃないのか？」

「知っている。日本をだめにしたのは、坤の連中だと、やつらは信じている。俺たちも同じだよ。俺たち奥州勢も艮の民だ。つまり坤のやつらを絶対に許せないと思っている」

　萩原宗家が言った。

「『ゴンの党』に言わせると、東日本大震災も、『コンの世』になったせいだということになります」

「ばかな……」

　富野が言った。「天変地異には、坤の人々は関係ないでしょう」

「『ゴンの世』から『コンの世』になったことで、日本の気脈が変わったのだと、彼らは言うのです」

「気脈……？」

「物事にはすべて脈があります。風水などは、土地の脈を見る術です。日本を巡るさまざまな脈が『コンの世』になったことで、どんどん乱れているというのです」

「あのお……」

　有沢が言った。「浦賀さんは、八志呂か酒井に言われて、鏡を割ったんですよね？」

　富野がこたえた。

「あるいは島田凪に……」

「それで、気の浄化装置を破壊して、亡者を送り込めるようにしたわけですね？」

「そういうことだ」

「それって、警視庁の結界破りの一環ですよね？」

「そうだ」

「じゃあ、結界破りをやったのは『ゴンの党』ということですか？」

富野は萩原宗家を見た。

萩原宗家がうなずいた。

「そう考えてよろしいでしょうな。いや、『ゴンの党』以外には考えられないでしょう」

「なぜなんです？」

有沢の問いに、富野は聞き返した。

「なぜって、何がだ」

「どうして、警視庁の結界を破ったんです？　『ゴンの党』は世直しをしたいんですよね？　だったら警視庁を混乱させちゃだめでしょう。世の中の秩序を守るためには警察は必要なはずです。それを壊すようなことをして、何の意味があるんです？」

その問いにこたえたのは、橘川だった。

「おそらく『ゴンの党』にとって、警視庁は『コンの世』の象徴的な存在なのだろう」

「どうしてです？」

「明治政府によって作られた警察組織は、薩長閥なんだ。警察は薩摩閥で、その上にあった内務省は長州閥だ」

「たしかに……」

有沢は思案顔で言った。「初代警視総監は、薩摩出身の川路利良ですが……」

橘川が言った。

「その伝統は長く続いた。昔は『おいこら警察』と呼ばれていたのを知っているか？　戦前は、警察官は一般人に対して、『おいこら』と呼びかけていた。これはな、薩摩の風習なんだよ」

「へえ……」

「警察庁のことを、サッチョウって呼ぶだろう」

「はい、言いますね」

「あれって、ただ略しただけじゃない。薩摩・長州の薩長とかけているんだ」

「あ、なるほど……」

「つまり、警察は薩長、つまり坤の象徴なんだよ。だから、『ゴンの党』のターゲットにされたんじゃないのか？」

萩原宗家が言った。

「おそらく、おっしゃるとおりでしょう。世直しのためには、まず今の世の中をいったん破壊しなければならないでしょう。『ゴンの党』は、再び瓦解の必要があると主張しております」

「なるほどね……」

孝景が言った。「薩長土肥《どひ》が徳川の世を瓦解させたように、もう一度世の中をぶっ壊すってわけか。そのために、警視庁を狙うなんて、なかなか考えるじゃないか」

富野は言った。

「おい、感心してちゃだめだろう」

「ふん。俺はどっちかっていうと、『ゴンの党』が目論《もくろ》む瓦解ってやつに乗れるけどな」

「結界を修復してもらわなければならない。……ということはつまり、『ゴンの党』と対立することになるんだぞ」

「だからさ」

孝景が言う。「気分としては乗れるけど、連中に手を貸すつもりはないよ。必要なら戦うよ」

「本当だな？」

孝景が、ふんと鼻で笑ってから言った。「『ゴンの党』なんていう怪しげなやつらか、萩原宗家かどっちかにつかなきゃならないとなれば、こたえは明らかだよ。奥州勢はばかじゃない」

萩原宗家が言った。

「『ゴンの党』はおそらく、裏鬼門の秘密に気づいて、その結界を破っています。それを修復しなければなりません」

富野は尋ねた。

「高度な術を用いて結界を張ったのでしたね。それを破られた……。つまり、『ゴンの党』も同様の高度な術を使えるということですか？」

「いや、亜紀さんがおっしゃっていたように、構築するのと壊すのとでは話が違います。当然ながら、作るほうが難しく、破壊するのはそれよりもずっと簡単です」

「修復するのは？」

「かなり難しいです。高度な術者が何人も必要になるでしょう」

「じゃあ、私もまた法力を得る儀式をしなくっちゃ」

それについては誰もコメントしなかった。この場にいる者たちは皆、その儀式のことを知っている。

元妙道の儀式とは性交のことだ。


富野の電話が振動した。

桑原からだった。

「はい、富野」

「浦賀さんのところに、連絡があった」

「連絡？　誰から」

「例の女子高校生だと、浦賀さんは言っている」

「それで？」

「会いたいと言っているようだ」

「今どこにいる？」

「本部だ」

「神田署の例の部屋に来られるか？」

「特命室だな？　ああ。浦賀さんといっしょに、三十分で行く」

電話を切ると富野は、今の話をみんなに伝えた。

鬼龍が言った。

「祓ったことに気づいたのですね。もう一度浦賀さんを亡者にするつもりでしょう」

孝景が言った。

「……で、どうするつもりだよ」

富野はこたえた。

「八志呂に会うチャンスじゃないか」

孝景がうんざりした顔になる。

「なんだか、面倒臭いことになりそうだな」

「とにかく、浦賀さんたちがこっちに来るから、相談しよう」

予告どおり、電話から約三十分後に、桑原が浦賀とともにやってきた。

桑原は不安気だし、浦賀は戸惑った様子だった。

「連絡があったんですね？」

富野が尋ねると、浦賀はこたえた。

「そうなんだ。八志呂の家に来るように言われた」

「そこで会った女子高校生に間違いないんですね？」

「間違いない。だいたい、俺のところに電話してくる若い女なんてそいつしかいないよ」

「行くつもりですか？」

浦賀はしばらく考えてからこたえた。

「俺はたしかにおかしかった。あんたが言うとおり、一ヵ月ばかりの記憶がはっきりしない。それは八志呂の家に行ってからのことだし、つまりはその女子高校生に会ってからのことだ。そいつに何かされたのは明らかなんだが……」

鬼龍が言った。

「亡者にされたんですよ」

浦賀が怪訝《けげん》そうな顔になる。

「亡者……？」

「簡単に言えば、欲望に身心を乗っ取られたような状態です。伝染病みたいなものです」

浦賀がぼんやりとした顔でうなずいた。

「暗示をかけられた、なんて説明より、今の話のほうがしっくりくるのはなぜだろうな」

富野がこたえた。

「たぶん、それが真実だからです」

浦賀は富野を見て言った。

「のこのこ出かけていけば、またその女子高校生に亡者とかにされちまうんだろう」

富野はこたえた。

「それを防ぐために、俺たちもいっしょに行こうかと思っているんですが」

浦賀は驚いた顔で言った。

「何でだ？　どうしてあんたは、俺のやることに首を突っこみたがるんだ？」

富野は肩をすくめた。

「第一に、俺たちは亡者について詳しいし、そこにいる鬼龍と孝景は祓うことができます。第二に、八志呂松岳に会う必要があります。それは、連続して警視庁内で起きた非違行為と関係があります」

「どういう関係だ？」

「亡者にされたやつ、あるいは亡者にされかかったやつらが非違行為に及んだのです。そして、警視庁内を亡者が活動できるような環境にしたのが八志呂松岳たちだと推察できるからです」

「どうして八志呂が……」

「問題は背後にいるやつらです」

「例の女子高校生か？」

「そう。島田凪です。そして、さらにその背後にいる酒井忠士郎という人物」

浦賀は考え込んでいたが、やがてかぶりを振った。

「何のことかよく理解できんが、取りあえず、一人で行かなくて済むのなら、多少は気が楽になるな」

するとと、孝景が言った。

「いっしょに行くって、誰が行くんだ？」

富野はこたえた。

「俺が行く」

「亡者を祓えるのかよ？」

「だから、おまえと鬼龍にも来てもらう」

「来てもらうじゃなくて、来てくださいだろう」

「来てください」

孝景は舌打ちした。

鬼龍が富野に言った。

「心配しなくても、行きますよ。俺も孝景も……」

亜紀が言った。

「じゃあ、儀式を急がなきゃ」

富野は驚いて言った。

「いや、亜紀を連れていくとは言っていない」

「どうして？」

「危険だからだ」

「私はだいじょうぶ。富野さんたちのほうがずっと心配だよ」

「俺たちが心配……？」

「相手は強力な亡者だよ。しかも若い女の子。みんな亡者にされちゃうんじゃない？」

富野は鬼龍を見た。鬼龍が言った。

「亜紀の言うとおりかもしれません」

「その凪って子に対抗できるのは私だけかもよ」

「しかしな……」

富野が言う。

「女子高校生対決よ。見たいでしょう？」

孝景が言った。

「わかったから、早く儀式を済ませて、法力をチャージしてこい」

「いつ出発するの？」

亜紀に尋ねられて、富野は浦賀の顔を見た。浦賀がこたえた。

「午後十時に八志呂の屋敷に来いと言われている」

富野が亜紀に言った。

「……ということは、遅くともここを九時半には出なければならない」

亜紀が時計を見る。

「今八時か……。一時間半しかないなあ……」

孝景が言った。

「何とかしろ」

「わかった。何とかする。ここに戻って来ればいいのね？」

富野はうなずいた。

「ああ。ここからみんなで出発する」

「じゃあ、後で……」

亜紀が部屋を出ていった。

「富野さん」

鬼龍に声をかけられた。

「何だ？」

「亜紀の力も必要ですが、あなたの力も頼りにしています」

　富野は肩をすくめた。

「いまだに、どうやっていいのかわからない」

「西麻布のバーのときのようにやってくれればいいです」

「とにかく」

　孝景が言う。「亡者にされないように気をつけるんだな。いちいち祓っている余裕がないかもしれない」

　すると萩原宗家が言った。

「気をつけます」

　富野は尋ねた。

「宗家も行かれるおつもりですか？」

「もちろんです」

　萩原宗家はうなずいた。「これも、警視庁の結界修復の一環です」

　富野は橘川に尋ねた。

「実動部隊を都合できるか？」

「機動隊を呼べるのは方面本部長だけだぞ」

「そういうんじゃなくて、ここの署で荒っぽいことが得意な連中だ」

　橘川は笑みを浮かべた。

「任せろ」

21

元麻布にやってきて車が停まった。ハンドルを握っているのは有沢だ。

富野の隣にいる鬼龍が言った。

「ここが八志呂の屋敷ですか？」

助手席の浦賀が「そうだ」とこたえる。

「えらく立派だなあ。なんだか寺みたいな建物ですね」

浦賀が説明する。

「ああ。もともとは寺だったらしい。それを八志呂が買い取ったということだ。檀家《だんか》が減って廃寺寸前だったのを、うまいこと言って買い叩《たた》いたんだな」

「反社がやりそうなことですね」

「ああ」

富野が車を降りると、別の車でやってきた萩原宗家、亜紀、孝景、そして桑原と合流した。総勢八人だ。

鬼龍が言うとおり寺の山門のような門があった。閉ざされている観音開きの戸を、浦賀が叩いた。

「警視庁の浦賀だ。来いというから、来てやったぞ。ここを開けろ」

門の向こうで人が動く気配がある。しばらくして、戸が開いた。

その向こうには、五人の男たちがいた。二人が背広姿、三人が迷彩服だった。

背広姿の男が富野たちを睨《にら》みつけてから言った。

「浦賀さん。いったいこれは何事です」

「言っただろう。呼ばれたから来たんだ」

「呼ばれたって、誰にです？」

「若い女だ。おそらく高校生だな。ここにいるだろう？」

背広姿の二人が顔を見合わせた。

そのとき、奥のほうから声が聞こえた。

「徒党を組んで来いとは言わなかったはずだ」

五人の男たちがさっと左右に分かれた。そこに立っていたのは、袴《はかま》姿の男だった。富野はその顔に見覚えがあった。八志呂松岳だ。

浦賀が言った。

「十時に来いと言われたんだが、一人で来いとは言われなかった」

「もっと骨のある男かと思っていたがな。数を頼んで、何をするつもりだ」

「俺が集めたわけじゃないよ。みんなあんたに会いたいと言ってな……。あんた、人気者だな」

「勝手に敷地内に立ち入ると、侵入罪になる。さっさと立ち去れ」

「警察官相手にその台詞《せりふ》は釈迦《しゃか》に説法だな。俺は、いつかここで会った女子高校生に呼ばれて来たんだ。その子はどこにいる？」

「ここにいるよ」

八志呂の向こう側から声がした。八志呂が場所を空けると、そこに制服姿の少女と酒井忠士郎が並んで立っていた。

浦賀が少女に言った。

「あんた、島田凪っていうんだ？」

「そうだよ」

「この人たちが言うには、あんた、俺を亡者にしたんだって……。それは本当なのか？」

「亡者って何？　あんた、私といいことしてから私の言いなりになったんだけど、それを亡者って言うんだ」

凪はほほえんだが、その笑みには年齢にそぐわない妖艶さがあった。

すでに、かつて寺の境内だったと思われる広場は、ねっとりとした空気に包まれている。亡者が放つ陰の気だ。

西麻布のミールで経験した吉岡真喜の陰の気よりもずっと強力だと、富野は感じていた。

酒井忠士郎は、つまらなそうに無表情のまま凪のそばに立っている。

いつしか、背広姿の二人と迷彩服の三人が、富野たち八人の周囲に移動していた。いつでも戦えるように備えているのだ。

鬼龍と孝景が最前列に歩み出た。

鬼龍の祝詞《のりと》が聞こえてくる。

「ひとふたみよいつむゆななやここのたり。ひとふたみよいつむゆななやここのたり……」

酒井が鬼龍を見て、ふんと鼻で笑った。

「布瑠《ふる》の言《こと》か……。そんなもので、凪を止められると思うか」

何を言っているのかわからない。今鬼龍が唱えている祝詞のことなのだろう。

そして、それが形式だけのものだと、酒井は思っているようだ。だから、自信たっぷりなのだ。

酒井の言葉を聞いて、八志呂も薄笑いを浮かべる。八志呂は酒井に、いや、酒井率いる『ゴンの党』に絶大な信頼を置いているらしい。

「何だよ、これ……」

凪がそう言ったので、酒井と八志呂は同時に彼女のほうを見た。

凪の表情が苦痛に歪《ゆが》んでいる。

「どうした？」

酒井が凪に尋ねた。「何を動揺している？」

「こいつの声がうるさいんだよ。くそっ。何とかしろよ」

「まさか、こいつの祝詞に霊力があるというのか……」

酒井がそう言って八志呂を見た。「好きにさせるな」

八志呂が、周囲にいる五人に言う。

「おい、仰せのとおりだ。何とかしろ」

まず、迷彩服の男たちが動いた。祝詞をつぶやきつづけている鬼龍に歩み寄る。取り押さえようとしているのだろう。

「俺たちに指一本でも触れてみろ」

孝景がその三人に言った。「ただじゃおかねえぞ」

それで行動をストップする者など一人もいない。

迷彩服の男たちの一人が、鬼龍に手を伸ばした。その腹に向かって、孝景が正拳突きを見舞う。

その瞬間、いつものように、目の前がまばゆく光った。腹に一発食らった迷彩服の男は、その場にうずくまった。

「やっぱり、亡者だったか……」

孝景が言った。

どうやら、その場にいる五人の男たちは皆、亡者にされているようだ。孝景は、その中の一人を今、祓《はら》ったのだ。

霊能力がない者がその様子を見たら、単に孝景が暴力を振るったと思うだろう。西麻布ミールの店長と同様だ。

案の定、八志呂が言った。

「うちの同志に暴力を振るってはいかんね。たとえ警察だろうと、容赦しないぞ」

孝景が言い返す。

「ふん。素人相手に暴力は振るわないよ」

「同志をヤクザ呼ばわりか」

「ヤクザだなんて言ってねえよ。亡者だって言ってるんだ。祓ってやったんだから、ありがたく思え」

その言葉に反応したのは、酒井だった。

「祓う……？　おまえらは亡者を祓っていると言うのか」

「そうだよ。あんたも亡者なら祓ってやるぜ」

八志呂が「同志」と呼んだ男たちが、じりじりと孝景と鬼龍に迫る。

「待て」

酒井が言った。男たちが動きを止める。

彼らは八志呂の手下なのだろうが、酒井の言うことも聞くようだ。そこから八志呂と酒井の力関係が見えてくる。

八志呂は酒井に依存しているのだ。だから、八志呂の手下たちも酒井には逆らえない。

酒井が孝景に言った。

「おまえらは何者だ？」

その質問にこたえたのは、孝景ではなかった。

「鬼道衆と奥州勢だよ」

その声のほうを見て、酒井は言葉を失う。眼差《まなざ》しから力が抜けていき、やがてぽかんとした表情になった。

「あなたは、もしや……」

「萩原だよ」

酒井が目を見開いた。

「陰陽道《おんみようどう》の萩原宗家……」

「そうだ」

それから酒井は、改めて鬼龍と孝景を見た。

「こやつらが、鬼道衆というのは本当でしょうか」

出会ってからずっと偉そうだった酒井の態度がとたんに変わってしまったので、富野は驚いた。

今度は、酒井と萩原宗家の力関係がわかった。

孝景が言った。

「俺は奥州勢だよ」

「そして……」

萩原宗家が言った。「トミ氏もいるぞ」

「見覚えがある……」

酒井が富野のほうを見た。「トミ氏だというのは本当のことだったのか……」

富野は肩をすくめただけで何も言わなかった。生まれたときから富野姓だが、トミ氏がどうのと言われても、何のことかよくわからない。

だから、黙っていたほうがいいと思った。その沈黙が功を奏したようだった。それまで余裕の表情だった酒井が、次第に追い詰められたような顔になっていった。

彼は絞り出すようにつぶやいた。

「萩原宗家にトミ氏……」

その酒井を見て、八志呂が動揺していた。

「先生、どうされました？」

八志呂に「先生」と呼ばれた酒井は、沈黙したままだった。

「同志」たちは、どうしていいかわからない様子で、その場に張り付いたまま互いに顔を見合わせている。

「ジジイ」

凪が言った。「何とかしろって言ってるだろう。何やってるんだよ」

彼女は、ひどく苛立《いらだ》っている様子だ。鬼龍の祝詞が効いているのだ。

「孝景」

富野は言った。「そいつらが亡者なら、祓え」

「ふん。言われなくたって……」

孝景は、背広姿の男に近づいた。そして、腹に正拳を一発。

富野の眼には、まばゆい光が見える。

正拳を食らった男は、その場に崩れ落ちた。

それを見たもう一人の背広姿が、孝景につかみかかろうとした。難なくその手をかわして、孝景は正拳突きを見舞う。

またしても強烈に発光する。

「先生……」

八志呂の声がした。「これはいったい……」

酒井がたたずんだまま言葉を返す。

「相手が悪い……」

「どういうことです……」

その問いに酒井がこたえる前に、凪が大声を上げた。

「ふざけんじゃねえよ」

生暖かい風が吹き抜けたような気がした。

その風がねっとりとした空気を運んでくる。重く湿っているだけではなく、甘い快感をもたらす空気だ。

その陰の気に身を委ねたら、理性は吹き飛び、たちまち亡者にされてしまう。

凪は間違いなく強力な亡者だ。

この屋敷にいる男たちはおそらく、ほとんどが亡者だろうが、それがことごとく凪の仕業というわけだ。

浦賀の話によると、吉岡真喜も凪に亡者にされたのだという。

その凪が能力を解放しはじめたのだろう。陰の気の濃度が増していく。

「ひとふたみよいつむゆななやここのたり……」

鬼龍も声を強めた。その祝詞のおかげで清涼な風が吹くように、富野は感じた。だが、凪の力が勝っているようだ。鬼龍は押され気味だ。

「まったくおまえの術はまどろっこしい」

孝景がそう言うと、凪に向かって突進しようとした。その前に立ちはだかったのが迷彩服の男だった。

「邪魔するな」

孝景が正拳を見舞おうとする。光が発する前に、孝景が弾《はじ》き飛ばされた。

「くそ……」

立ち上がろうともがきながら、孝景が言った。

「てめえ、凪のお気に入りか……」

念入りに術をかけてもらったということだろうか。つまり、それだけ凪と親密だったということだ。

孝景が再び相手に正拳を打ち込もうとする。だが、それをガードされた。逆に顔面に一発食らう。

孝景は再び地面に転がった。

もう一人迷彩服の男がやってきて、二人で孝景を痛めつけようとしている。

富野は舌打ちをしてから、迷彩服の男たちに体当たりした。体当たりは、実戦では意外なほどの効果を発揮する。だが、二人の男は、少しよろけただけだった。

こうした怪力や現実離れした運動能力を発揮することがあるので、亡者はやっかいだ。

たいした威力はなかったが、それでも孝景が立ち上がる時間を稼ぐことができた。

「ふざけやがって……」

孝景はうめくようにつぶやくと、迷彩服の男に近づいた。

「うかつだぞ」

富野は言った。「二度もガードされてるじゃないか」

「わかってるよ。……つーか、あんたも手を貸したらどうだ」

富野はそう言われて、西麻布のミールでのことを思い出した。

「ふるべゆらゆらとふるべ。ふるべゆらゆらとふるべ……」

その祝詞を思い出して唱えた。

あのときのような効果が今回もあるかどうかわからない。今の富野にできることは、その言霊に期待するだけだ。

「ふるべゆらゆらとふるべ……」

孝景がするりと動いた。足音がしない。次の瞬間、その正拳が迷彩服の男に炸裂《さくれつ》した。まばゆい光。また一人祓った。

さらに、振り返りざまに、もう一人の迷彩服にも正拳を叩き込む。光に包まれる。

二人は、地面に倒れた。祓われた衝撃で気を失ったのだ。これで「同志」を全員祓ったことになる。

富野は祝詞を唱えるのを止めた。

孝景が富野を見て言った。

「やりゃあ、できるじゃねえか」

祝詞の効果があったということらしい。

「あ、こら、何やってんだ」

孝景が、富野の背後を見て言った。富野は振り向いた。

有沢がふらふらと凪に近づいていく。発熱しているように眼がうるんでおり、頬が紅潮している。

その表情はうつろだ。

鬼龍の祝詞が効果を失いつつある。凪の力が強すぎるのかもしれない。

孝景と富野が有沢を捕まえに行こうとすると、目の前に、倒れていたはずの二人の迷彩服が立ちはだかった。

「ゾンビかよ……」

孝景が正拳を突き出したが、それをかわされた。次の瞬間、一人が孝景の胴体にしがみついた。

「くそ……。放しやがれ……」

孝景がもがくが、びくともしない。

もう一人の迷彩服も富野の胴体に腕を巻き付けてきた。富野も身動きが取れなくなる。

有沢が亡者にされちまう。

悔しいが何もできない。富野は、暴れた。

凪が有沢のほうに手を差し伸べる。

だめか……。

そのとき、有沢と凪の間に割って入った人影があった。

亜紀だった。

亜紀は有沢を捕まえた。……というより、抱きついた形だった。

孝景が正拳を打ち込むときのように、まぶしい光が発せられた。富野は思わず両手で顔を覆っていた。

有沢と凪の両方が地面に尻餅をついていた。

その二人を亜紀が見下ろしている。

彼らの姿を見て、富野はつぶやいていた。

「亜紀が祓った……」

孝景が言った。

「いいから、この亡者どもを何とかしろよ」

そこに鬼龍が歩み寄ってきた。彼は、まず富野にしがみついている男の顔面に掌《てのひら》を当てた。その掌が激しく発光した。

胴体を締め付けていた両腕の力が弛《ゆる》んだ。と思うと、迷彩服の男は地面に崩れ落ち、それに巻き込まれて富野も転がった。

さらに鬼龍は、孝景を締め上げている男に同じことをした。その男も地面に倒れた。

孝景が言った。

「さっさと祓えよ。まったく……」

富野は尋ねた。

「祝詞だけで祓うわけじゃないんだな」

それにこたえたのは孝景だった。

「こいつ、どんなやり方でも祓えるんだ。カッコつけて祝詞や真言を唱えるだけなんだよ」

鬼龍が言った。

「祝詞は使い勝手がいいんですよ」

尻餅をついていた凪が立ち上がり、言った。

「おまえら、いったい何なんだよ」

亜紀が守るように有沢の前に立ち、じりじりと後退した。

凪が怒りの表情で一同を見回す。

再びねっとりとした蜜のような空気があたり一帯を包みはじめる。

それに対抗するために、鬼龍が祝詞を再開する。

「おい、やべーぞ」

孝景が言った。彼の視線を追うと、その先に浦賀と桑原がいた。

彼らは、先ほどの有沢と同様に、熱に浮かされたような表情で、ふらふらと歩きだしていた。彼らの進む先には凪がいる。

そして、祓ったはずの「同志」たちの何人かがまた起き上がりはじめた。

富野は孝景に尋ねた。

「一度祓ったからって、安心はできないんだな」

「ああ。凪は意地でも、祓われたやつらをまた亡者にしようとするだろう」

「あいつ、パワーアップしてないか?」

「そう思ったら、あんたも鬼龍を助けてやれよ」

「わかった」

富野はまた、祝詞を唱えはじめた。「ふるべゆらゆらとふるべ。ふるべゆらゆらとふるべ。ふるべゆらゆらと……」

浦賀、桑原、そして有沢の足が一瞬止まった。

その三人に亜紀が近づく。彼女は、一人ずつに抱きついていく。そのつど、まばゆい光に包まれる。

三人は一様に、夢から覚めたような顔になった。亡者にされかかったのを救ったのだ。

凪が亜紀に言った。

「邪魔をするな」

亜紀が言葉を返した。

「おじさんたちが期待してるよ。女子高校生対決、やる？」

22

「何だよ、おまえ」

「亜紀って言うんだ。あ、でも祓《はら》われた後は覚えてないよね」

「さっきから、何だよ。祓う祓うって……」

「亡者の親玉のあんたを祓うって言ってるんだよ」

「いいから、邪魔すんなよ」

「あんた、ジジイたちに利用されてるだけなんだよ。わかんないの？」

「ごちゃごちゃうるさいなあ」

凪は面倒臭そうにそう言うと、一歩前に出た。陰の気が一気に濃度を増す。寺に似た屋敷とその周辺の空気の粘度が増して、体にまとわりついてくるようだ。

迷彩服や背広姿の「同志」たちが、凪のほうに一歩一歩近づいていく。

凪が彼らに命じた。

「こいつを捕まえろ」

「同志」たちが、亜紀を見た。

さらに、浦賀、桑原、有沢の三人も、再び発熱したような顔になり、ふらふらと歩きだした。

孝景が言った。

「やベーな……。やつらを亜紀に近づけるわけにはいかねえ」

鬼龍と孝景が「同志」や、浦賀たちの前に出ようとする。だが、彼らは祓う前に亡者の怪力で弾《はじ》き飛ばされてしまった。

迷彩服の男の一人が、亜紀の腕をつかんだ。さらに別の迷彩服がもう一方の腕をつかむ。そして、残りの「同志」や浦賀たちが亜紀を取り囲んだ。亜紀は身動きができなくなった。

妖艶な笑みを浮かべた凪が、亜紀に近づく。

「おまえも、こいつらみたいにしてやるよ」

孝景が立ち上がった。鬼龍も立ち上がり、祝詞《のりと》を唱える。二人は、亜紀に近づこうとしたが、「同志」と浦賀たちが彼らの前に立ちはだかった。

富野も「同志」を排除しようとしたが、簡単に弾き飛ばされてしまった。尻餅をついた状態で、凪が亜紀に両手を伸ばすのを見た。

「これで、おまえも私のものだ」

その両手が亜紀の頰に触れる。

さらに、首筋を撫《な》で、背に回される。

凪は亜紀を抱き寄せた。

強烈な陰の気が周囲を満たす。

亜紀も亡者にされるのか……。

富野はその光景を茫然《ぼうぜん》と見つめていた。

亜紀も凪の背に手を回し、二人はしっかりと抱き合った。

亜紀が亡者にされてしまったら、凪はこの場を支配するだろう。ここにいる全員が、亡者にされてしまうのだ。

そして、八志呂や酒井の思うがままに操られることになるのか……。

富野がそう思ったとき、亜紀が言った。

「残念だねー。あんたの術、私には効かないんだよ」

凪が、はっと体を離そうとする。だが、亜紀がそれを許さなかった。

亜紀が凪を抱きしめている。

「放せよ。術が効かないって、何だよ……」

彼女はもがいたが、亜紀がしっかりと捕まえていた。

突然、凪の身動きが止まった。そして、目を見開き、口を開けてのけぞった。

その口から、「あー」という声が洩《も》れた。

亜紀と凪が接しているあたりが光りはじめた。その光は徐々に強くなっていき、やがて、巨大な光球となった。

太陽を見ているようだ。

富野は両手を顔の前にかかげた。

ふと見ると、鬼龍と孝景も同様にまぶしさに耐えている。

凪の声が大きくなっていく。それは光の中から聞こえてくる。

光球が大きくなり、富野は目をきつく閉じた。

凪の声が止んだ。

富野が目を開けたとき、亜紀が立っているのが見えた。

「同志」たちや、浦賀、桑原、有沢の三人は地面に倒れていた。

凪も倒れている。

富野は、亜紀に歩み寄った。

「だいじょうぶか？」

「平気だよ。もちろん」

「凪を祓ったんだな？」

「そう。ボスキャラを退治したわけだね」

「ボスキャラはおまえだろう」

「そっかな。女子高校生対決は、当然ながら私の勝ちってこと」

富野は尋ねた。

「有沢はどうなったんだ？」

「気を失ってるだけだよ」

「浦賀や桑原は？」

「同じだよ。すぐに目を覚ますよ。八志呂の手下たちもね」

「凪は？」

亜紀は凪を見下ろして言った。

「どうかな……。亡者の親玉だからね。本人の魂がどれだけ残ってるか……」

「とにかく病院に運んだほうがいいな」

「そうだね」

「それで、これからどうすんだよ」

いつの間にか近づいてきていた孝景が言った。富野は聞き返した。

「萩原宗家は？」

「高みの見物だよ。さすがだね……」

「八志呂と酒井はどうしている？」

「おとなしくしてるよ。他にどうしようもねえだろうからな」

孝景の隣にいる鬼龍が言った。

「有沢さんが目を覚ましましたよ」

見ると、有沢は茫然と立ち尽くしている。富野が呼ぶと、ふらふらと近づいてきた。

「おまえ、凪を病院に運んで、小松川署の田中に連絡しろ」

「え……？　病院……？」

「吉岡真喜と同じだよ」

「医者に事情を訊かれたら、また適当なことを言えばいいんですね？」

「そうだ。そういうの得意だろう」

「得意じゃないですよ」

「あとは田中たちに任せればいい」

「わかりました」

有沢が携帯電話を取り出して救急車を呼んだ。

浦賀と桑原もほどなく意識を取り戻した。地面に倒れている迷彩服の男たちを見て、浦賀が富野に言った。

「これ、あんたらがやったのか？」

富野はこたえた。

「やったのは亜紀ですよ」

浦賀は小さくかぶりを振った。

「何だか知らないが、たいしたもんだな……」

富野がこたえた。

「ええ。彼女は、凪の発する陰の気にまったく影響されませんでした」

すると、亜紀が言った。

「当たり前じゃない。陰の気なんて平気よ」

「当たり前……？」

「ここに来る前に元妙道の儀式をやったのよ」

鬼龍が小さな声で「なるほど」と言った。

性の儀式を済ませた亜紀に、陰の気の性的な誘引は通用しなかったということらしい。

サイレンの音が近づいてきた。

有沢の呼んだ救急車かと思ったが、それは明らかにパトカーのサイレンだった。やがて何人かの足音が聞こえてきた。

橋川係長が集めた腕自慢の捜査員たちだった。

橋川係長が、広場の様子を見て唖然《あぜん》とした。

「何だよ。もう終わっちまったのか……」

富野はこたえた。

「亜紀が祓いました」

それを聞いた孝景が言った。

「おい。俺たちも祓ったんだぞ」

橋川が富野に尋ねる。

「この迷彩服の連中は？」

「八志呂の『同志』だそうです」

「つまり、瑞報会の構成員ってことだな。取りあえず、しょっ引くか」

「罪状は？」

「公務執行妨害だ。指定団体との関わりがあれば、暴対法でも行けるだろう」

「あそこに、八志呂松岳もいますよ」

「お、大物だな。うちで挙げていいのか？」

「弁護士がやってきて、すぐに釈放ということになるんじゃないですか」

「それでもいいさ。豚箱に一晩でも泊めたとなれば、うちの署にも箔《はく》が付く」

橋川係長の号令で、捜査員たちが迷彩服や背広姿の「同志」に手錠をかけていく。

八志呂は抵抗はしなかったが、すっかり戸惑った様子だった。展開が予想とまったく違ったのだろう。

彼は酒井に言った。

「先生のお力で何とかしてください。『ゴンの党』は伊達《だて》じゃないんでしょう?」

酒井は、茫然とした顔のまま、先ほどと同じ言葉を返した。

「相手が悪い」


救急車が島田凪を搬送していき、橘川軍団が、八志呂松岳と瑞報会の構成員を連行すると、広場は静けさを取り戻した。

酒井はすっかりと毒気を抜かれたような顔で、かつて寺の本堂だったらしい建物の前の沓脱石《くつぬぎいし》に腰かけている。

富野たちは、萩原宗家を中心に広場で集まっていた。有沢は凪の付き添いで病院に行っているし、橘川係長も引きあげたので、その場にいるのは、萩原宗家、富野、鬼龍、孝景、亜紀、浦賀、桑原の七人だった。

富野が萩原宗家に言った。

「酒井から事情を聞かなければなりません」

萩原宗家がうなずいた。

「では、まず私が話をしましょう」

「お願いします」

萩原宗家が酒井に近づいていく。富野たち六人はぞろぞろとそれに続いた。

どこかで話をしたいと、萩原宗家が言うと、酒井は、のろのろと濡《ぬ》れ縁に上がり、本堂だったという建物の戸を開けた。

中は、仏像や仏具が置かれているわけではない。板敷きの広間だ。まるで剣道か何かの道場のようだと、富野は思った。

その部屋の中央で、萩原宗家と酒井忠士郎が対峙《たいじ》して座った。富野たち六人は、彼らを取り囲むようにして腰を下ろした。

本来、寺の本堂だったなら、もっと神聖な感じがしてもよさそうなものだと、富野は思った。

ここにいると、なんだか傲慢《ごうまん》なものを感じる。それは、市川の酒井の屋敷で感じたものと同じだ。

そうか、と富野は思った。

酒井のせいなのだ。その場の雰囲気というのは、環境だけでなく、そこにいる人によって作られるものなのだ。

酒井が萩原宗家に言った。

「なぜ、このようなことを……」

萩原宗家がこたえる。

「それは、こちらが訊きたい」

「八志呂と手を組んだことですか？　あいつは使い勝手のいい男です。日本のためと言えばたいていのことをやってくれる」

「日本のため……」

萩原宗家は、溜《た》め息交じりに言った。「世直しをするつもりらしいな」

「仰せの通りです」

酒井は、落ち着きを取り戻したようだ。その口調は自信を感じさせた。すると、部屋の中の傲慢な雰囲気が濃くなった。

「世直しのためには、今の世を一度ぶっ壊す必要がある……。そのように考えておるのだな？」

「はい」

「警視庁の結界を破壊したのは、そのためか？」

「お気づきでしたか」

「そのせいで引っ張り出されたんだよ」

酒井は、富野たち一同を見回した。それから萩原宗家に視線を戻して言った。

「この者たちに引っ張り出されたとおっしゃるのですね？」

「トミ氏に言われちゃ断れないよ」

酒井はかすかに頭を下げた。

「恐れ入ります」

「恐れ入ったのなら、ばかなことはやめて、おとなしくしていろ」

酒井が顔を上げて、萩原宗家をひたと見つめる。その眼ににわかに力が宿った。

「お言葉ですが、やめるわけには参りません。これは必要なことです」

「世の中をぶっ壊すのが必要なことかい」

「今の日本は、病魔に冒されているも同様です。何もかもがおかしくなっている。重病には大手術が必要です」

「日本がおかしくなったのは、『コンの世』になったからだと、おまえは考えておるようだな」

「はい」

「それを改めるために、世直しが必要なのだと……」

「はい」

「笑止千万だ」

酒井の眼に、さらに力がこもる。

「なぜでございますか？」

「おまえが言っておるのは、つまりは世直しのために、もう一度瓦解が必要だということだろう」

「仰せの通りかと……」

「ふん。ならば、おまえが言うコンの連中がやったことと同じではないか。それで世の中がどうなった？」

酒井が目を見開いた。

「いや、しかし……」

「度重なる戦争で、果てはこのざまだ。二発も原爆を落とされた国がどこにある。軍隊も持てないほどぼこぼこにやられて、それでもにこにこと世界に金をばらまいている。そんな国になったきっかけは、あの瓦解ではないのか？」

「ですから」

酒井が語気を強めた。「それだからこそ、世直しが必要なのです。我々がやろうとしていることは、あの時の瓦解とは違います。まさに、宗家が言われるとおり、あの時から日本は進路を間違えたのです。あの瓦解によって『コンの世』になってしまいました。だから、今それを正さねばならないのです」

「今一度瓦解を起こしたところで、世の中の流れは変わらん」

「そんなことはありません。我々『ゴンの党』が必ずや……」

「あの瓦解は何だったと思う」

「は……？」

「私怨よ。島津《しまづ》、毛利《もうり》の徳川憎しという私怨を、イギリス帝国がジャーディン・マセソン商会なんぞを使って利用したのよ。今、おまえがやろうとしていることが私怨ではないと言い切れるか？　おまえは知らぬうちに誰かに利用されているのかもしれないぞ。おまえを利用しようとしているのはアメリカか？　中国か？」

「そんなことは断じてありません」

「おまえはそのつもりでも、あの八志呂松岳はどうだ？　欲に目のない男だろう。あいつがつながっている政治家はどうだ？　アメリカや中国に尻尾《しっぽ》を握られていないと、誰が言い切れる」

「いや、しかし……」

酒井は反論しようとにじり寄った。だが、言葉が見つからない様子だった。無言で萩原宗家を見つめているしかないのだ。

萩原宗家の言葉がさらに続いた。

「日本を我が物にしようと考えている国が、まず望むのは何だと思う？　争乱だ。イギリスが戊辰戦争を望んだように、どこかの国が日本国内の争乱を望んでいるのだ。おまえらが仕掛けようとしている第二の瓦解は、そういう国に好機を与えることになる。それがなぜわからん」

萩原宗家をじっと見据えていた酒井は、やがてがっくりと首《こうべ》を垂れた。

萩原宗家の言葉が続く。

「国内の治安を乱したところで、世直しになどならんのだ。おそらく八志呂と共謀してのことだろうが、警視庁の結界を破るなどという小細工はやめることだな」

「私は……」

酒井はうつむいたままつぶやくように言った。「ただ国のためを思って……」

「国のためを思うなら、ひたすら泰平の世を願うべきだ」

酒井は、顔を上げて再び萩原宗家を見つめた。

「私どもは、もしかしたら取り返しのつかないことをしたのでしょうか……」

「警視庁の結界破りのことを言っておるのか？」

「はい……」

「案ずるな。我々が何とかする」

「しかし……」

酒井は戸惑った様子で言った。「我々はあの結界破りにたいへん難儀いたしました。修復するのは、破るよりもはるかに難しいと存じます」

「『ゴンの党』にしか修復はできないと言うのか」

「我々であってもできるかどうか……」

萩原宗家が笑みを洩らした。酒井がその顔を怪訝《けげん》そうに見つめる。

萩原宗家が言った。

「私を、そして、ここにいる方々を誰だと思っているのだ」

「は……」

「鬼道衆、奥州勢、元妙道、それにトミ氏だぞ」

萩原宗家は立ち上がった。「おまえたちはただ、おとなしくしておれ」

酒井は打ちひしがれたような表情で、萩原宗家を見つめていた。

富野たち六人も立ち上がり、出入り口に向かう萩原宗家に続いた。

「あ、ちょっと待ってください」

そう言ったのは鬼龍だった。

彼は一人引き返し、酒井に近づいた。酒井は何事かと鬼龍を見ている。

鬼龍が酒井の顔面に掌《てのひら》をかざす。

本堂だった広間がまばゆく光るのを、富野は感じた。

23

「こんな時間に集まる必要があるんですか？」

有沢がひどく眠そうな顔で言った。「しかも日曜日ですよ」

それにこたえたのは、孝景だった。

「こういうことは夜明け前にやるってのが常識だろう」

有沢が言う。

「それ、どんな人の常識ですか」

有沢が文句を言いたくなるのもわかる。今は午前三時を少し回ったところだ。富野たちがいるのは、神田署の特命室だ。

萩原宗家、富野、有沢、橘川係長、鬼龍、孝景、亜紀、そして酒井忠士郎という面々が集まっている。

八志呂松岳を懲らしめたからといって問題が解決したわけではない。最終目的は警視庁の結界を張り直すことだ。

萩原宗家が六月四日という日を選び、結界の修復を実行することになった。ただし、この日は

「先勝」なので、すべてを午前中に終わらせなければならないということだ。

ちなみに、六曜の午前というのは午後二時までのことを言うらしいが、孝景が言ったように夜明けまでには儀式を終えたいらしい。

酒井は、自ら手伝いたいと萩原宗家に申し出たそうだ。今さら酒井の助けを借りるのは癪《しゃく》だと、富野は思ったが、萩原宗家はゴンの党の手は必要だと言ってそれを受け容《い》れた。

橘川係長が興味津々の様子で萩原宗家に尋ねた。

「……で、具体的にはどういうふうにやるんです？」

「護符を四枚、用意しました。それを、鬼門の艮《うしとら》、裏鬼門の坤《ひつじさる》、さらには南東の巽《たつみ》、北西の乾《いぬい》それぞれの方角にある水の中に沈めます」

「護符を水に沈める……？」

橘川係長がきょとんとした顔で言う。「それだけでいいんですか？」

「場所さえ間違えなければ……」

「間違えるもんか」

孝景が言った。「艮はお濠《ほり》の桜田門のあたり、巽は日比谷公園の池、乾は国会前庭の池、そして、坤は溜池交差点だろう」

萩原宗家が言う。

「護符を沈める前に、その四ヵ所を術者が巡ってお祓《はら》いをする必要があります」

橘川が眉をひそめた。

「あのあたりは、国会議事堂や首相官邸、その他いろいろな省庁があるんで、警戒が厳重ですよ。

何か変なことをしていたら、たちまち職質をかけられ、へたをすると身柄を取られます」

するとと、酒井が言った。

「その役目は我々が引き受けましょう」

萩原宗家が酒井を見て言った。

「十人ほどの術者が必要だぞ」

「すでにゴンの党の者を集め、待機させております」

「では、任せよう」

橘川係長がまた、萩原宗家に尋ねる。

「お祓いって、どうやるんです？」

「お遍路のように、歩いて四ヵ所を順に巡ってもらいます」

「それでいいんですか？」

「はい。充分にお祓いができます」

「なんか、もっといろいろな儀式とか作業とかが必要で、たいへんなことになるんじゃないかと思っていたんですが、意外とやることが少ないんですね」

富野は萩原宗家に言った。

「俺もそう思っていました」

「本当に効き目のある術はシンプルなものです。ただし、本物でなければ、効果はありません」

孝景が言った。

「そりゃそうだ」

萩原宗家が酒井に言った。

「では、お祓いに出発してもらおう」

「はい、すみやかに……」

酒井が萩原宗家に一礼すると、部屋を出ていった。

孝景が言った。

「あいつ、信用していいのかよ」

萩原宗家がこたえた。

「結界を壊したのは彼らですから、やり方は心得ているでしょう」

「そうじゃなくて、裏切ったりしないのかってことだよ」

「私なら、ここにいる人々を敵に回したりはしませんね」

孝景は肩をすくめた。

「さて、酒井たちがお祓いをやっている間に、我々は護符を適切な場所に沈めてこなければなりません。まず私が艮の拠点を担当しましょう。巽の拠点は鬼龍さんに、乾の拠点は安倍さんにお願いしましょう」

鬼龍が言った。

「日比谷公園の池ですね。了解しました」

孝景が言う。

「国会前庭って、入園料取られたりしないだろうな」

「だいじょうぶだ」

富野はこたえた。「無料で見られる。ある刑事ドラマのロケに時々使われてるよ」

亜紀が萩原宗家に尋ねた。

「肝腎の坤はどうするんですか？」

「実は私一人では手に負えないかもしれないと思っているのです。そこで、亜紀さんと富野さんにご助力いただきたい」

富野は言った。

「俺は役に立つかどうかわかりませんよ」

亜紀が言う。

「いいから行きましょう。なんとかなるわよ」

「では、これを……」

萩原宗家が背広の内ポケットから何かを取り出した。神社のお札のようなものだ。それが護符なのだろう。それを、鬼龍と孝景に手渡す。

そして言葉を続けた。

「もうじき夜が明けます。護符を沈めるのは、日の出の時刻が望ましい」

孝景が言う。

「じゃあ、急がなきゃな」

富野は萩原宗家に言った。

「ただし、問題が一つ。国会前庭の開園は午前九時です」

すると孝景が言った。

「そんなの、忍び込んじまえばいいじゃないか」

「失敗して護符を沈められなければ、元も子もない」

「そんなヘマはしないよ」

富野は萩原宗家に尋ねた。

「どうします?」

「安倍さんにお任せしましょう。なにせ、奥州勢ですから」

「わかりました」

富野は有沢に尋ねた。「日の出は何時だ?」

「四時二十六分です」

「今、三時五十分。では、出発しましょう」

一行は、富野が運転する車で出かけることになっていた。金曜日に、有沢に車両を手配させたのだ。

借りてきたのがワンボックスカーだったので、有沢にしては気がきいていると富野は思った。五人乗っても余裕がある。

萩原宗家、鬼龍、孝景、亜紀が乗り込むと、富野は車を神田署の駐車場から出した。

有沢と橘川は留守番だ。橘川は同行したがっていたが、できるだけ少人数で済ませたかった。術者以外の者は同行させないほうがいい。

まず、日比谷公園で鬼龍を降ろした。そのまま外務省脇を進み、財務省上の交差点を右折したところで、孝景を降ろした。目の前が国会前庭だ。

次に桜田門交差点の手前で車を停め、萩原宗家、亜紀、富野の三人が降りた。

皇居の桜田門に向かう橋のたもとに丸《まる》の内《うち》警察の派出所がある。万が一警察官がやってきて何か言うようだったら、警察手帳を出してなんとかその場をしのぐつもりだった。

萩原宗家が富野に言った。

「日の出の時刻になったら教えてください」

時計を見ると、午前四時二十分だ。

「あと六分です」

萩原宗家はうなずき、橋に立ってお濠の水面を見つめている。富野は時計を確認していた。針の進みがのろく感じられる。六分が長かった。

「四時二十六分。日の出です」

富野が告げると、萩原宗家は護符をお濠に放り込んだ。そして、言った。

「さあ、溜池に向かいましょう」

あまりに無造作だったので、富野は思わず訊《き》いていた。

「え……。もう終わりですか？」

「はい」

富野はあっけにとられたまま、ワンボックスカーの運転席に乗り込んだ。萩原宗家と亜紀が乗車したのを確認して、虎《とら》ノ門《もん》経由で溜池に向かった。

到着したのは、午前四時三十五分頃のことだ。

「すでに日の出の時間を過ぎましたが……」

車を降りると、富野は萩原宗家に言った。「日が昇った直後ならば、効果は変わりません。ただ……」

「ただ、何です?」

「護符をどうしたらいいか迷っています」

「迷っている……」

「土地の記憶に期待していたのですが、それだけでは不足のようです。土地の記憶と人々の記憶が一致しなければ、術はかけられません」

「具体的にはどうすれば……」

「さて、それがわからずに、困っております」

富野は亜紀と顔を見合わせた。萩原宗家だけでは手に負えないかもしれないから、助力しろと言われた。だが、どうしていいかわからない。

「こうしている間にも、日は昇りつづけています」

富野は萩原宗家に言った。「日が高くなれば術の効果もなくなるのではないですか?」

「おっしゃるとおりです。あと十分もすれば、結界を張ることはできなくなるかもしれません」

万事休すとはこのことか……。

そう思ったとき、顔にぽつりとしずくが当たった。富野は驚いて言った。

「雨か……。さっきまで星が出ていたのに……」

亜紀が言う。

「言ったでしょう。私、雨女なのよ」

見る見る雨足が強まる。

あっという間に土砂降りになった。

雨具もなく、富野はたちまちずぶ濡《ぬ》れになった。

「参りましたね……」

そう言って眼をやると、萩原宗家は満面の笑みだった。

彼は亜紀に言った。

「あなたはやっぱり神々に愛されておいでだ。雨女の面目躍如ですね」

雨に濡れた路面が、まだ明けきらない街の明かりや、車のテールライトなどを映し出していた。

そして、歩道に水たまりができはじめる。

富野は一瞬、交差点が池にでもなったような錯覚に陥った。

びしょ濡れの亜紀が萩原宗家に言った。

「護符をください」

萩原宗家が手渡すと、亜紀はそれを持って歩道の端の植え込みに近づいた。そこにある水たまりに、亜紀はそっと護符を浸した。

富野と萩原宗家は、しゃがみ込んでいる亜紀に近づいた。

ふと見ると、そこには「溜池発祥の碑」と書かれた石板があった。

「あ……」

富野は思わず、声を上げて天を仰いだ。

萩原宗家が富野に言った。

「さすがトミ氏です。感じ取られたようですね」

「なんだか、急に世界が変わったような気がします。何かに包まれたような安堵《あんど》感が……」

「鬼龍さんも、安倍さんもうまくやってくれたようですね」

亜紀が立ち上がって言った。

「……ということは、成功したのね？」

「はい」

萩原宗家がうなずいた。「結界が復活しました」


ずぶ濡れの亜紀を世田谷の自宅に送り届け、富野と萩原宗家は神田署に戻った。二人の様子を見た橘川が、待機寮にいる若い係員に連絡して着替えを持ってこさせた。

富野と萩原宗家はジャージに着替えた。乾いた衣類がありがたかった。

孝景が富野に言った。

「雨だって？　こっちは降らなかったぞ」

「日比谷公園も降りませんでしたね」

鬼龍もそう言った。

「ゲリラ豪雨ってやつだな。ピンポイントで集中的に降ったらしい。亜紀の雨女は半端じゃないぞ」

孝景が鼻で笑う。

「そりゃ災難だったな」

萩原宗家が言う。

「しかし、そのおかげで結界を修復することができました。亜紀さんがあそこにおられたのは、神仕組みなのかもしれませんね」

富野は聞き返した。

「かみしくみ？」

「神々の計画といいますか……。運命や宿命と言う方もおりますが、私はその言い方があまり好きではありません。やはり、神々が組んだ計画と考えるほうがいい。そこには必ず理《ことわり》があります」

「因果関係ということですか？」

「そう言ってもいいと思います」

それを聞いていた鬼龍が言った。

「凪との女子高校生対決といい、ゲリラ豪雨といい、今回も亜紀はキーパーソンでしたね」

「ふん」

孝景が言った。「俺たちは刺身のツマかよ」

萩原宗家が言った。

「もちろん、そうではありません。八志呂を懲らしめたのも、結界を修復できたのも、鬼道衆と奥州勢の力があったればこそです」

とたんに孝景は気分のよさそうな顔になった。単純なやつだと、富野は思った。

「ええと……」

困惑したような表情で橘川が言った。「よくわかんないんだけど、水のない溜池交差点に、亜紀のおかげで雨が降って、それで結界が張れたってことですか？」

萩原宗家がうなずいた。

「今思えば、坤の拠点が溜池交差点だと見抜いたのは亜紀さんでした。それも神仕組みでしょう」

「へえ……」

橘川は感心したようにつぶやいた。その隣で有沢は終始わけのわからない顔をしていた。

「じゃあ、今度こそ、俺たちはお役御免だな」

孝景が言った。「俺、眠いんで、帰るわ」

鬼龍が言う。

「では、俺も引き揚げるとしましょう」

萩原宗家が二人に丁寧に頭を下げる。

「鬼道衆や奥州勢とごいっしょできて光栄でした」

鬼龍がきちんと返礼した。

「こちらこそ、萩原宗家にお目にかかれて光栄です」

「ところでさ……」

思い出したように孝景が言う。「あれだけの結界を張ったら億単位って話だったよね。その費用は本当にいいの？」

萩原宗家は笑みをうかべる。

「以前申しましたように、誰かに払わせますよ。内閣とかどこかの省庁とか与党の誰かとか……」

あるいは宮内庁とか……。富野はそう心の中でつぶやいていた。

「俺たちはただ働きなのになあ……」

孝景のその言葉に、鬼龍が言った。

「そういうことを言うもんじゃない」

萩原宗家が言った。

「いずれご恩返しはさせていただきます」

橘川があきれたように言った。

「お札を水に沈めただけで億単位……」

富野は言った。

「こういうことは、手間暇や道具の問題じゃないようです。あくまでも結果が重要なんですよ」

「まあ、神霊の世界ってそういうもんだよなあ……」

「そんじゃな」

孝景が片手を挙げて出入り口に向かう。

「失礼します」

鬼龍が礼をしてから、孝景に続いた。

二人が部屋を出ていくと、萩原宗家が言った。

「では、私もこれで失礼いたします」

富野は言った。

「ご自宅かどこかご都合のよろしいところまでお送りします」

「いえ、それには及びません」

「でも、ジャージ姿じゃ……」

「迎えが来ておりますので……」

「お迎えが……？」

「警察官である富野さんもお気づきではなかったようですね」

富野は、あっと思った。

「常にボディガードがついているということですか？」

「ボディガードというか、監視ですかね。私に死なれると困る連中がけっこういるようでして……」

「はあ……」

橘川が言った。「さすがは陰陽師《おんみようじ》宗家ですね」

「ですから……」

萩原宗家が言った。「私はこのまま失礼します」

富野は言った。

「今回のことは、心からお礼を申し上げます」

「いやいや、トミ氏の頼みとあれば断れません」

「あのお……」

有沢が恐る恐るという体で萩原宗家に尋ねた。「トミ氏、トミ氏とおっしゃいますが、それって、そんなに偉いんですか？」

萩原宗家が笑った。

「古代日本の真の支配者の血統ですからな。我らが陰陽道も、修験道も、元をたどればトミ氏に行き着くと言っても過言ではありません」

「へえ……」

有沢が目をぱちくりさせて富野を見た。

富野は言った。

「俺は何も知らないからな。そんな自覚はない」

「またいずれ、どこかでお目にかかることもありましょう」

萩原宗家が言った。「それまで、お元気で」

「はい」

富野は言った。「宗家も……」

萩原宗家が部屋を出ていくと、有沢が言った。

「何だかよくわからないんですが、とにかく終わったんですよね」

富野はこたえた。

「ああ。終わった。結界は修復された」

橘川がしみじみと言った。

「いやあ、いろいろと経験させてもらったなあ。実に面白かった」

「だったら、もう解散していいですよね」

有沢が言う。「せっかくの日曜日なんですし……」

24

さすがに疲れていた。肉体ではなく、精神が、まるで充電池が空になるような感じで疲弊している。

自宅に戻り、そのままぐっすりと眠った。

翌日の月曜日は、有沢といっしょに小松川署に行ってみることにした。

少年事件係にやってくると、富野は田中に尋ねた。

「その後、島田凪の件はどうなった？」

「売春の件か？　なしだよ」

田中はなんだか楽しそうだ。

「なし……？」

「実態がないんでな。そもそも木戸涼平は、そんな事実はないと否定しているし、肝腎の島田凪は記憶喪失だ」

「意識は戻ったんだな？」

「ああ。だが、ここ数ヵ月の記憶がすっぽりと抜け落ちているようだ」

凪のことを気にはしていたが、病院に訪ねていったわけではなかった。それは田中たちに任せたほうがいいと思ったのだ。

田中が続けて言った。

「医者によると、本当に記憶がないんだそうだ。そうなれば、もう事件の追及は無理だ。それにな……」

「何だ？」

「係長がすっかりやる気をなくしてな。もういいって言ってるんだ」

なるほど、田中が楽しそうなのはそのせいだと、富野は気づいた。係長の機嫌が悪くなると、田中の機嫌がよくなるらしい。

「ところで……」

田中の口調が変わった。「本当のところ、何があったんだ？」

しらばっくれるしかない。

「俺もよく知らないが、すったもんだの末に、神田署が八志呂松岳の身柄を取った」

「へえ、八志呂の身柄を……。市川の酒井ってやつはどうなった？」

「八志呂とつるんでいたんで、お灸《きゅう》をすえられたらしい」

「木戸涼平や島田凪とはどういう関係だ？」

「彼らは酒井の家を溜《た》まり場にしていたらしい。酒井は見て見ぬ振りだったんだな」

「それだけか？　売春とかの少年犯罪とは関係ないのか？」

「関係ない」

凪の言いなりだったと言っても信じないだろう。

田中はしばらく富野を見つめていたが、やがて肩をすくめると言った。

「とにかく、乱闘の件は片がついたんだから、俺はもう面倒なことに首を突っこみたくはないよ」

「面倒なことはすべて終わった」

「そうだな」

田中がそう言った。


小松川署を出ると、有沢が言った。

「田中さん、納得したわけじゃなさそうですね」

「ああ。だが、折り合いをつけたんだ」

「富野さん、あんまり説明がうまくないですね」

「だったらおまえが説明しろよ」

「いや、自分もうまくないです」

「いや、おまえはもっともらしいことを言うのがうまい」

「それ、ほめてないですよね」

「ほめてるんだよ」

「島田凪は、意識を取り戻したんですね」

「そうらしいな」

「記憶がないって、田中さんが言ってましたけど、それって、抜け殻ってことですか？」

「いや、そうじゃないだろう。抜け殻になったら、普通の生活は営めないからな」

「訪ねてみないんですか？」

「凪をか？　会ったって、俺たちにできることはないさ」

「ドライですね」

「おまえに言われたくない」


警視庁本部に戻ると、係長に呼ばれた。

「おまえら最近、何やってたんだ？　行動予定も報告書も出てない。姿もあまり見かけなかった」

「小松川署の件です」

富野はこたえた。「乱闘騒ぎがありまして……」

「その件はとっくに片づいたと聞いてるぞ」

「管理売春の件、聞いてませんか？」

「聞いてないな」

「行方不明の少女がいて、それが売春をやらされているという情報があったんですが……」

「それで……？」

「その実態はないということがわかりました」

「つまりだ……」

係長は溜め息をついた。「おまえたちは、結局何の実績も上げなかったわけだ」

「えーと……。警視庁の危機を救ったんですが」

「何だって……？」

「警視庁を守っていた結界が破られまして、それを修復するために奔走しておりました」

係長が怪訝《けげん》そうな顔をする。

「それは、何かの比喩なのか？」

「いえ、実際にあったことです」

「わけのわからないことを言ってないで、ちゃんと仕事しろ」

「はい」

席に戻ると、有沢が言った。

「あんなこと、係長に言うなんて、どういうつもりなんです？」

「嘘を言ったり誤魔化したりするのが嫌になったのさ」

「だからって……」

「係長は本気にはしなかっただろう。それでいいんだよ」

「よくはないと思いますよ。精神状態を疑われます」

「勝手に疑えばいいさ」

そのとき警電が鳴り、有沢が受話器を取った。

電話を保留にして、有沢が富野に言った。

「総務部施設課の折田係長です。六階廊下の鏡のことを尋ねてきた人を捜していると言ってますが……」

「代わろう」

富野が受話器を受け取ると、有沢は保留を解除した。

「電話代わりました。富野といいます」

「あのとき、うちを訪ねてきた人？」

「そうです。どうしました？」

「鏡、付け替えたよ。気にしていたようだから、一応知らせておこうと思ってね。うちもちゃんとやることとやってるからさ」

「それはどうも……」

「それで、鏡を割った犯人はわかったの？」

「わかったら、すぐに知らせてますよ」

浦賀の名前を言うわけにはいかないので、結局、嘘をつかねばならなかった。

「そうかあ……」

「付け替えたんだから、もう犯人なんてどうでもいいでしょう」

「まあ、そうなんだけどね。今後のこともあるからさあ……」

「防犯カメラでもつけたらどうです？」

「金かかるよ。そんな予算、どこから出るんだよ」

「じゃあ、職員のモラルに期待するしかないですね」

「モラルねえ……」

「だいじょうぶですよ。鏡なんて、そうそう割られるもんじゃないですから」

「そうかなあ。ま、そうだよね」

「わざわざ知らせてくださって、礼を言います」

「じゃあね」

電話が切れた。

富野は有沢に言った。

「六階の鏡を付け替えたそうだ」

「じゃあ、三種の神器もそろったんですね」

「だがな、そろえただけじゃ浄化作用はないと、孝景が言ってたな。エンジンをキックしたりセルモーターを回したりするみたいなことが必要だって……」

「浄化装置を起動させるためには、それなりの術者が必要だってことでしたよね……」

そのときの会話を思い出していた富野は、有沢と顔を見合わせた。

二人同時に言った。

「亜紀だ」

萩原宗家や、鬼龍・孝景はそういうことをやらないが、亜紀たち元妙道にはその力があるということだった。

富野はすぐに亜紀に電話した。

「鏡、つけたんだ？」

「三種の神器を起動させられるんだよな？」

「やれるよ」

「頼めるか」

「明後日《あさって》でいい？　時間は四時過ぎになるけど……」

「明後日の午後四時だな。待ってる」

「じゃあね」

　電話が切れた。


　その日の夕刻、桑原から富野の携帯電話に連絡があった。

「結界とやらはどうなったんだ？」

「修復できた。それに、総務部施設課が六階に新しい鏡を取り付けたようだ。明後日、亜紀に浄化装置の起動をやってもらう」

「そういう話、全部冗談なんじゃないよな？」

「その眼でいろいろ見たはずだ。それが真実なんだよ」

「なんだか長い夢を見ていたような気がする」

「そうだろうな。その後、浦賀さんはどうだ？」

「なんか、毒気を抜かれたみたいだが、そのうち元に戻るんじゃないかと思う」

「そうか」

「そうそう、吉岡のこと、聞いてるか？」

「記者の吉岡真喜か？」

「ああ。職場に復帰したよ。以前と同様にプレスクラブにいる」

「そうか。退院したんだな」

思ったより陰の気の侵食は深刻ではなかったようだ。「そいつはいい知らせだ」

「さっそく夜回りかけられたよ」

「そいつは気の毒だったな」

「浦賀さんがさあ……」

「どうした？」

「完全に、びびってるんだよね」

「え？　吉岡にか？」

「そう。本気で怯《おび》えてるんだ」

「浦賀さんは、何があったのか、ちゃんと把握してるんだろうか……」

「そんなわけないだろう。わけがわからないから余計に怖いんじゃないか？　まあ、それは俺も同じだけどね……」

「なるほど……」

「びびってるって言えば、八志呂もそうらしい」

「あいつはどうなったんだ？」

「神田署は結局、送検を見送って放免にしたんだけど、あの夜のことがよほどこたえたんだろうな。浦賀さんのことを怖がって、会おうとしないらしい。本当に怖いのは浦賀さんじゃなくて、あの白と黒のお祓《はら》い師とか陰陽師《おんみょうじ》宗家とかなんだろうけどね」

「これに懲りて、しばらくおとなしくしてくれるといいな」

「警視庁本部も元どおりになるんだな」

「たぶんね」

「あの白と黒はどうしてるんだ？」

「どうしてるのかな」

「親しいんじゃないのか？」

「何か特別なことがない限り、ほとんど連絡を取らない」

「そうなんだ」

「あいつらがどうかしたのか？」

「いや……。なんだか、また会いたいと思ってな」

「そのうちまた会えるさ」

「わかった。じゃあな」

電話が切れた。


その翌々日の午後四時に、亜紀が本部庁舎の受付にやってきた。それを出迎えた富野と有沢は、彼女とともに六階に上がった。廊下の曲がり角には、ぴかぴかの鏡がかけられていた。

富野が亜紀に言った。

「まさかここで元妙道の儀式を始めるんじゃないだろうな」

「ばかじゃないの」

亜紀は鏡の前に立つと、低い声でつぶやきはじめた。

「ひとふたみよいつむゆななやここのたり……」

鬼龍が唱えていたのと同じ祝詞《のりと》だ。

すると、音叉《おんさ》が共鳴するように、庁舎全体が鳴りはじめた。

富野は驚いて隣にいる有沢に言った。

「こりゃすごいな……」

有沢はぽかんとした顔で聞き返した。

「え？　何がです？」

富野は気づいた。この共鳴音は術者にしか聞こえないのだ。

亜紀が同じ言葉を三度繰り返すと、鏡が強烈な光を発した。富野は思わず光を遮るために掌《てのひら》を掲げたが、この光も共鳴音と同様に、術者にしか見えないということがわかった。

亜紀が振り向いて言った。

「終わったよ」

「それで終わりか？」

「萩原宗家も言ってたでしょう。本当の術はシンプルなんだよ」

「なるほどな」

「さて、ただ働きさせようってんじゃないよね？」

「何だって？」

「渋谷《しぶや》かどっかで、おいしいもんごちそうしてよ」

「渋谷だって？　勘弁してくれ」

「連れてってくれないとグレるよ」

「高校デビューはダサいぞ」

「ダサくてもグレるよ」

「グレたら付き合ってやる。それが仕事だからな」

「防犯が大事だよ」

「わかった。連れてってやるよ」

富野は有沢に言った。「おまえも付き合え」

「え？　自分もですか？」

「亜紀と二人で街を歩いていたら変だろう」

「別に変じゃないと思いますが……」

「いいから、いっしょに来い」

三人は本部庁舎を出て、地下鉄で渋谷に向かった。


スペイン坂にやってくると、亜紀はカフェに入ろうと言った。

富野は言った。

「ファミレスでいいんじゃねえの？」

「いいからこっち」

亜紀に袖《そで》を引っ張られて混み合った細い道を進む。

突然、亜紀が立ち止まった。

「どうした？」

富野は亜紀の顔を見た。彼女は、同じくらいの年の女の子に声をかけた。

「凪ちゃん？」

その子が振り向いた。

間違いなく、島田凪だった。私服姿なのでまったく気がつかなかった。

「え……と」

凪が言った。「知ってる人？」

亜紀がうなずく。

「うん」

「ごめんねえ。私、なんかいろいろ覚えてなくってさあ。ひょっとして、私たち友達だった？」

亜紀が再び、屈託なくうなずく。

「うん。亜紀っていうんだ」

「ほんとごめん。覚えてないんだ」

「だいじょうぶ。そのうち思い出すかも」

凪は笑みを浮かべてうなずく。

「じゃあね」

亜紀は手を振り、カフェに向かう。

有沢が言った。

「驚きましたね。こんなところで会うなんて……」

富野は亜紀に言った。

「元気そうだったな」

亜紀がこたえた。

「抜け殻にならなくてよかったよ」

「そのうち思い出すって言ったな?」

「うん」

「全部思い出して、あいつがまた亡者になったら、どうする?」

「そのときは……」

亜紀が富野の顔を見て言った。「またボスキャラ対決だよ」


(了)

本書は「小説 野性時代」二〇二二年三月号（二二〇号）から、二〇二三年二月号（二三一号）に連載された作品を単行本化したものです。

本作はフィクションであり、実在する人物や団体等とは関係ありません。

今野 敏（こんの　びん）
1955年北海道生まれ。78年、上智大学在学中に「怪物が街にやってくる」で第４回問題小説新人賞を受賞。卒業後、レコード会社勤務を経て執筆活動に専念。2006年『隠蔽捜査』で第27回吉川英治文学新人賞、08年『果断 隠蔽捜査２』で第21回山本周五郎賞、第61回日本推理作家協会賞をダブル受賞。17年「隠蔽捜査」シリーズで第２回吉川英治文庫賞を受賞。著書に「安積班」「ST 警視庁科学特捜班」シリーズなど多数。小社刊に『軌跡』『熱波』『殺人ライセンス』『鬼龍』『陰陽』『憑物』『豹変』『呪護』などがある。

脈動《みやくどう》

2023年６月28日　初版発行

著者／今野《こんの》 敏《びん》

発行者／山下直久

発行／株式会社KADOKAWA
〒102-8177　東京都千代田区富士見2-13-3
電話　0570-002-301(ナビダイヤル)

印刷所／大日本印刷株式会社

製本所／本間製本株式会社

●お問い合わせ
https://www.kadokawa.co.jp/（「お問い合わせ」へお進みください）
※内容によっては、お答えできない場合があります。
※サポートは日本国内のみとさせていただきます。
※Japanese text only

定価はカバーに表示してあります。

ISBN 978-4-04-112328-7　C0093